暖

野墨菊 / 著

NUAN

时代出版传媒股份有限公司
安徽文艺出版社

图书在版编目（CIP）数据

暖/野墨菊著.--合肥：安徽文艺出版社,2022.5
ISBN 978-7-5396-7305-9

Ⅰ．①暖… Ⅱ．①野… Ⅲ．①小说集－中国－当代②散文集－中国－当代 Ⅳ．①I217.2

中国版本图书馆 CIP 数据核字（2021）第 202705 号

出 版 人：姚 巍
责任编辑：王婧婧　　　　　　装帧设计：徐　睿
....
出版发行：安徽文艺出版社　　www.awpub.com
地　　址：合肥市翡翠路 1118 号　邮政编码：230071
营 销 部：(0551)63533889
印　　制：安徽新华印刷股份有限公司　(0551)65859551
....
开本：700×1000　1/16　印张：13.25　字数：220 千字
版次：2022 年 5 月第 1 版
印次：2022 年 5 月第 1 次印刷
定价：48.00 元
....
（如发现印装质量问题，影响阅读，请与出版社联系调换）

版权所有，侵权必究

自序

暖

在认识的汉字中,我最喜欢"暖"。

也许缘于它的结构。造字者匠心独运,把温度、温情造在了字里。试想,有一个充满阳光的日子,有一只常牵的手,有一群可信赖的友人,生命该是怎样的饱满呵。

历经寒冷,我对"暖"特别渴望。我出生在 20 世纪 60 年代初,兄弟姐妹 9 人,僧多粥少,吃了上顿没下顿。我 6 岁时就患上了胃病。上初中,住校,缺衣少被,又患上了支气管炎。《紫色的小花》诉说着我怎样渴望温暖。我渴望温暖,温暖也悄悄走近我。

长期营养不良,加之睡眠不足,临近中考,我病倒了,躺在集体宿舍里。班主任刘建章老师把我送进医院,并鼓励我:"凭你的成绩,只要动笔就能考上高中……"为了不辜负老师,我带病参加了中考,考取了师范学校。刘老师一句温暖的话改变了我的人生轨迹。

师范毕业,18 岁的我只身来到一所山村小学,离家 50 多里。学校附近没有集镇,吃菜成了生活难题。至今,我还时常梦见自己端着饭碗,看着一桌子菜(同事从家带的菜)不敢下筷子……食堂的金先芳师傅手把手教我种菜、腌菜、烧菜。她没有多少文化,却有一颗温暖的心,温暖着我的生活。

1990 年 7 月 5 日,我做了妈妈。小生命的到来既让我高兴,又叫我沮丧。我和爱人都是外地人,一年前来合肥。省吃俭用攒下的钱,住院一周花得只剩420元了。但生产费、住院费偏偏是422元。我俩被2元钱难倒了,既不好向同事开口,又联系不上家人。我急得把他的公文包翻了个底朝天,希望能翻出2元钱来,结果只翻出几张全国流通粮票……无奈中,只得用20斤粮票向一位产妇换了20元钱……一回到学校的"家"(其实算不得家,是闲置的教室),陈英华老师就来看孩子,塞给孩子一个40元钱的大红包。陈老师雪中送炭,使我们体面地得到接济。

这些事、这些人都成了我心里的"暖",暖着我的生命。

喜欢"暖",也许缘于自我认知。我,先天不足,相貌平平,非美女;一生没进过大学校门,孤陋寡闻,非才女;心怀悲悯,为业执着勤奋,为人热情真诚,是暖女。

我18岁走上讲台,从小学一年级教起,为学生擦鼻涕,背学生过河,带学生睡觉……学生小学毕业,走进初中,我也跟着走进了初中。学生学习有困难,我耐心帮助;学生病了在家,我上门送教;学生早恋,我适时引导。我的同学大多改行从政了。我也有几次改行的机会,但我舍不得离开孩子们。于学生,于教育,我是温暖的人。我的《暖》暖了学生,暖着教育人。

爱孩子,爱自然。怀着虔诚的心走进自然,感知了黄山松的坚韧不拔、逆境成美。只敢仰视,《终未与其合影》。敬畏黄山松,敬畏生命,敬畏自然界中看似卑微实则顶天立地的人和一种神往。

我真诚地对待生活,生活也真诚地对我。它虽不能言语,却以不同的形态启迪着我:练瑜伽,我知道了《脚下有乾坤》,理解了毕淑敏的:"丈夫和妻子就像一个人的左脚和右脚,抬起落下,忙着走路,如果有一方总是在原地站着,无论怎样小心,终会失去平衡倒下。"经营婚姻,从步调一致开始。吃西瓜,我嚼出了《味蕾上的哲学》,把握好生活中的深刻与肤浅,即把握了生活。

过了知天命之年,更知父亲母亲的不易,曾经的不解都化为了深深的感动。母亲生育9个儿女,她如《忍冬》,调和生命,隐忍生存。"慈母手中线,游子身上衣。"这根线足以绕地球三匝。感恩父母,《思念有声》。

我的生命是卑微的,但卑微里有恒温,有长情,暖暖的。

喜欢"暖",缘于我对人生的理解。"人生天地间,忽如远行客。"生命是短暂的。短暂的生命活在喧嚣的尘世里,想活出自我,唯有建筑精神,精神能与苍穹比远。李白云:"三万六千日,夜夜当秉烛。"读书无疑是为精神修建小屋。修建中,我采得《一朵别样的花》,那是女人花,氤氲着书香,每一个馨香的分子都在诉说,诉说诚意地对待自己,真情地对待生活。

我不敢说修行来生,但我相信今生需要修炼。修炼即认识。"我从哪里来?要到哪里去?"走进《父亲的老屋》,生命重新来过:老屋斑斑驳驳的墙壁上镌刻着黏稠的骨肉亲情,镌刻着悲怆的生离死别,镌刻着时代的变迁,镌刻着两代人的梦想和守望。思念老屋,思念根;触摸自己的《脸与手》,方知岁月无情。能抗衡岁月的是劳动,劳动能创造不朽,劳动本身就是不朽。懂得应懂得的,珍惜该珍惜的,时光不再为《空》。

修行自我,怀一颗悲悯的心。走近弱小,感知生命。生命面前没有公平,唯有坚强不屈去争取平等;匍匐大地,倾听大地的回音。《心声》震撼着我:懂孩子,才能更好地爱孩子。仰望天空,思考人性。《她有错吗》,尽管她自重、自尊,也难免不幸。

陈果说:"使自己活成一束光。"我没有光源,无法活成一束光。我愿自己活成一枚《石》,一枚心放莲花的石,忠贞高洁,完善自我,成全他人。

我喜欢暖,以心为经、以情作纬、以文字当线编织了《暖》。愿我的《暖》能博得你的喜爱,温暖你的心灵。

庚子年深冬于碧湖蓝庭怡心居

目录

自序：暖 / 001

小说
暖 / 003
罟老师，你缺席了 / 010
网 / 020
吻 / 029
心声 / 037

散文
致母亲 / 045
退休 / 046
感动在，希望在，未来在 / 048
青春做伴真好 / 050
你好吗 / 052
忍冬 / 054

老屋 / 059

像与不像 / 063

思念有声 / 065

最后的陪伴 / 069

想家 / 072

立碑 / 074

生日 / 079

让 / 082

不想他长大 / 085

听歌 / 088

脸与手 / 091

偶得 / 094

枕芯 / 097

风筝 / 101

紫色的小花 / 105

杨花 / 107

落叶 / 109

天籁 / 112

银杏 / 114

文竹 / 117

喷泉 / 120

雪 / 123

筛时光 / 126

炒锅 / 129

棒槌声声 / 132

火塘记忆 / 135

野菊花 / 138

她有错吗 / 141

一朵别样的花 / 144

致敬老兵 / 147

终未与其合影 / 151

山那边有海 / 154

请到天涯海角来 / 157

雅丹 / 160

可遇不可求 / 163

日落日出 / 166

众沙恋月 / 169

天空之镜 / 171

抬眼望到美 / 173

梦幻乡村 / 175

枇杷花开 / 178

蟹爪兰 / 180

脚下有乾坤 / 183

味蕾上的哲学 / 185

惊蛰 / 188

空 / 191

不止梅花 / 193

看花 / 195

石 / 198

酝酿 / 201

小说
XIAOSHUO

暖

1

太阳也怕冷,我出门了,它还没露脸。路面积了厚厚的霜,脚经不起霜的诱惑,乱了方寸。空中传来哀鸣声,一只雁飞得很低,也许是冷露湿了它的翅膀。校门口广场上,银杏叶金灿灿的。风起,叶舞,飒飒有声。舞着,舞着,落下一片,落在窨井盖排气口处。我弯腰欲捡,一个身影立在眼前——

"老班,出事了。婷收的试卷费丢了,正在教室哭呢!"

我触电一般,差点坐到地上,怀里的作业本撒了一地。

"钱丢了?什么时候的事?"

"就在早晨。婷一来就当着大家的面数钱,450元。她送给化学老师,老师不在,就放进书包里了。我们一起去长跑,回来就发现钱丢了。"华边说边用手比画着。

我全身的血液涌上了头顶,思维短路,大脑一片空白。

华捡起地上的作业本,直愣愣地看着我。我直起身,将脖子上的围巾取下,又围上……我接过她手中的作业本:"你先回教室安慰一下婷,我把作业本放到办公室,马上就去。"

看着华的背影,我陷入了沉思。两年前,我从这里将一群张扬着蓬勃生命力的孩子带到了七(2)班。他们是上苍赐予我的天使,淳朴善良,积极向上。班级连续两年被评为市级先进集体,老师们都夸我班男生像绅士,女生像淑女。可今天……我真的无法接受这个事实。这事一旦传出去,不仅班级声誉受到损害,更会给孩子们的心理造成不良的影响。想到这,我直奔教室。

2

教室里,学生们交头接耳,叽叽咕咕,52个孩子都卷入其中。窗外,几只鸟在树上蹦来跳去,似幸灾乐祸。我的心也跟着翻腾。

"咳!"我干咳一声,学生们抬起了头,一道道火辣辣的目光看得我发怵。

"同学们,老师懂你们的心情。谁都想不到班级会发生这种事。事已至此,我们就要想办法查个水落石出。大家都仔细地回想一下,这段时间,有没有其他班的同学来过?"我内心深处还是不太相信始作俑者是我们班的学生。

大家你看看我,我看看你,一言不发。

"即使其他班的同学来过,又怎么知道婷收有资料费呢?一定是咱们班同学拿的。"华打破了沉默。

"谁干的就主动承认,别让咱们背黑锅。"

……

一时间,教室里火药味呛人,和谐团结的大厦瞬间倾塌。我在讲桌前来回地走,审视着52个学生。他们个个神情自若,我察觉不到一点破绽。十几岁的孩子心理承受力是有限的,犯了这么大的错误,紧张的情绪一定难以掩饰。经验告诉我,孩子们没有拿钱,我心里掠过一丝安慰。

可是,其他班的学生没来过,钱会长腿吗?我很快又否定了自己。

"同学们,我们不能因为婷的钱丢了就互相猜疑,彼此伤害。事情总会查清楚的。我们来做个小游戏,或许就水落石出了。"

孩子们一听,面面相觑,目光里写满了好奇和怀疑。

我迅速组织学生离开座位,在教室后面分4排站好,闭上眼睛。

我从第一排开始,依次经过每一个孩子。每走到一个孩子面前,就叫他

(她)的名字,并和他(她)对视5秒……

和孩子们相处两年多了,像这样真诚的对视还是第一次。一双双秋水般的眸子让我感动,觉得孩子们可爱、可信,觉得自己的做法荒唐。想放弃的一刹那,我走到了华的身边——

"华。"她身子一震,眼睛微眯,眼珠左右乱转,迅速躲开了我的目光……华?事情发生后,第一时间向我汇报的人是她,肯定钱是本班同学拿的人也是她,难道她有意转移目标?我断不相信!

可是,"对视"是心理应激微反应的一部分,具有一定的科学性。

3

早读课结束,我不自觉地下了教学楼。晨雾笼着的操场在眼前变得模糊,朦胧中出现了红地毯,红地毯的中央一张课桌上"爱心捐款箱"赫然醒目……一位扎着马尾辫的女孩举起储钱罐,砸到地上,捡起所有的钱,捐了,捐给八(6)班一位得了白血病的同学,整整322.6元。这位女孩就是华。

也是在这儿,学校艺术节,华领着同学表演自己编排的大型健美操《青春炫》,赢得一阵阵掌声,获得"最佳创意奖"。这么优秀的孩子怎么会拿别人的钱呢?

回到办公室,我无心备课,微表情测试无疑成了我的又一个心病。我希望它准确无误,又希望它出现差错。我就这么在矛盾中期待,期待拿钱的学生主动承认错误。

一节课下了,两节课下了……

我正一筹莫展,糜老师走进了办公室。糜老师是有经验的老班主任。我的心一亮,请糜老师支招。"糜——"话到嘴边,又咽了下去。去年发生的事又浮现眼前——

早晨,大雪纷飞。峰在糜老师的推搡下进了办公室,站着,面无表情,像一个木偶。原来,峰拿了班级同学的钱,糜老师查出来了,勒令峰写检查,向全班同学道歉。在糜老师的软硬兼施下,峰趴在办公桌上写起检查。写着,写着,只听嘶嘶声响起,峰撕碎检查,愤愤冲出办公室。我回过神,追出去,唯见雪地上一行歪歪斜斜的脚印……

峰,没有再回来。后来,听说他和社会上的小混混儿混在了一起偷窃,被抓,被关进了派出所……一个未成年的孩子就这样走上了歧途。

想到这,我出了一身冷汗,微表情测试差点让我铸成大错。怎样才能查出拿钱的孩子,让他(她)知错能改,又不让他(她)受到任何伤害呢?

我打开电脑,点开"班主任信箱",输入"如何处理学生偷窃事件",点击"搜索"。屏幕上出现很多词条:"侦破""查找""鼓励揭发"……我把这些词条抄下了,很快又都撕得粉碎。

4

第二天,除了上课,我就钻进心理咨询室找资料。《心理咨询案例》上的"如何保护学生隐私"让我如获至宝,书中的案例虽然与偷窃事件不尽相同,但还是给了我启发:"教育是艺术,不是冲动。保护孩子隐私比解决问题更重要……"我知道该怎么做了。

放学铃响了,我提着一个空纸箱,兴致勃勃地走进了教室。

"两天了,仍没有学生主动站出来承认错误。我理解他(她)的自我保护,希望同学们也能理解。我们一起来保护他(她)改正错误。"

"保护他(她)改正错误?"一些学生惊讶地叫起来。

我用力点点头。"每人拿出一个废本子,闭上眼,盲做纸团。拿钱的学生可以把钱裹在纸团里。如果钱不在身边,就写张纸条裹在里面。做好后,从第一组起,依次把纸团放入教室门口的纸箱里。"

为了确保环境安全,我面对黑板站着。

教室里静极了,哗啦哗啦的揉纸声,渐小渐停。我转过身,52个孩子闭眼静坐,虔诚得一尘不染,一如赤子。我的耳畔响起"人之初,性本善,性相近,习相远"的古训,孩子是天真无邪的,行为上的偏差是"习"出现了偏差。我的做法不正是保护"善",修正"习"吗?想到这,我心里涟漪层层,漾起喜悦。

孩子们一个个神情严肃地离开座位,走出教室,往纸箱里放入纸团。教室空荡荡的,我的心满满的。一箱子纸团一起看着我,有的委屈地拉长了脸,有的亢奋地鼓圆了腮,还有的茫然地皱着眉……

我拎着纸箱走进办公室,急切地抓起纸团,撕开,一个,两个……我的手开始颤抖!原以为万无一失的策略,竟无济于事。失败、沮丧、茫然一起挤对着我,我几欲崩溃。

沉沉地坐在椅子上,我冥思苦想……对面墙上的一幅画映入了我的眼帘:两只掌心相对的手,一行小楷字"沟通,从心开始",我似有所悟——

5

夜深了,风仍无倦意,一个劲地吼,夹着树叶的哗哗声从窗子的缝隙挤进来。我感到寒意刺骨,裹了裹被子,仍睡不着,华的眼神在我脑海里挥之不去。

我起身,穿衣,走进书房,找出《微表情心理学》,打开……"微表情是由潜意识决定的,是掩饰不了的思维真相。"华的眼神无疑暴露了恐惧、不安……这一真相告诉我:她即便没有拿钱,也有其他问题。

我合上书,站起身,耳畔响起公交车报站声,一看表,6点了。我拉开窗帘,站牌下停着几辆公交车,乘客人头攒动……一个咨询案例在脑中清晰起来,华、年轻的妈妈刹那间交织在一起,我不敢往下想……

匆匆赶到班级。华在读书,我向她走,脚步刚迈出又收了回来。孩子都是敏感的,不能让华成为同学们怀疑的对象。

我在教室里转了转,趴在讲桌上写了张字条。我握着字条,抽查学生背书。抽到华,我悄悄地拿起她的书,把字条夹在了书里,又把书放到她的手上,下意识地拍了拍……

6

放学了,老师们陆陆续续走了,偌大的办公室只剩下我一人。华会来吗?我心里有些忐忑。

办公室里,光线渐渐暗了。我的心也灰暗起来:纸条上写得清清楚楚,她没看到?不可能。她有意逃避?我走向门口,打开灯,灯光下,华,来了!

"老班,您让我帮您加分?这可不是您的风格,您不是常埋怨老师叫学生改试卷吗?"

"你这个快嘴丫头!老师这两天很累,需要你这个帮手。"

"您还在为丢钱的事伤神吗?"

"是,也不全是。"

我正愁不知怎么开口,华却先开口了。

"这个同学也是,好端端的,干吗要拿同学钱呢?"

"我想,他(她)一定不是有意偷窃。也许是青春期的躁动,以此来填充内心的空虚;也许是我平时对他(她)关心不够,他(她)故意挑起事端,引起我的关注吧。"

"老班,您真的这么想?"华迟疑地看了我一眼。

"当然。你帮老师分析分析,班上同学谁有可能?"

"我哪知道。估计是男生吧。"

"老师也希望是男生。"

"为什么?"

"男生犯了错,即使没有勇气承认、改正,影响的只是他个人。"

"女生不一样吗?"

"不一样。女生将来是要做妈妈的。"

"老班,您太玄乎了吧,偷钱和做妈妈有啥关系?"华不以为然。

"当然有。曾经有一个女孩,家里很穷,坐不起公交车,每天上学要步行20多里。一天,她经过公交站牌,一群人在拥挤着上车。她灵机一动钻进了车厢……这一钻带来了时间的宽裕、身体的轻松,她开心极了。于是,便有了第二次、第三次……

"女孩长大了,做妈妈了。她给宝宝讲故事,读童话……一次,她读《放羊的孩子》给宝宝听。读着,读着,故事里喊着'狼来了,狼来了……'的小男孩跑着跑着变成了小女孩——在车厢里躲藏的小女孩。她手中的《伊索寓言》掉在了地上。孩子纯真的目光复活了她的记忆,她看到了自己的丑陋、欺骗……她害怕起来。"

"老师,您不是在编故事吧?"

"老师不是编故事,老师就是故事。"

"您?"华扭过头,吃惊地看着我。我知道自己的形象在她心里打了折扣。可是……接下来,我用低沉再低沉的话语继续讲——

"后来,我不再给孩子讲故事、读童话,连面对孩子的勇气也没有了……"

说到这,我察觉华面颊微微泛红,试卷上的分数写了涂,涂了写。

我激动,心疼,话语近乎一字一顿:"我的逃避使宝宝一天天变得胆怯、怕生、自卑,只要和别人目光相遇就哇哇大哭……"

"啪!"华手中的笔掉在了地上,她一边捡笔,一边打断了我的话:"老师,今天不早了,明天再来加分好吗?"

……

窗外暮色已浓,一只小鸟从这个枝头蹦到那个枝头,叽叽喳喳,似在催促我"快快回家",我心温暖。

7

"我没有拿钱!我没有拿钱!"华双手揪着头发哭喊着。我惊醒了。

清晨,空气里弥漫着淡淡的花香。路旁草丛中的一抹黄映入我的眼帘,定睛一看,是雏菊,黄得晶莹。

学校静静的。走廊上,三三两两的学生来来往往。

办公室的门还锁着。我开锁,推门,抬脚,脚尖触到了什么,低头一看——一沓钱。

我喜出望外,俯下身子……整整450元。

我攥着皱巴巴的钱,缓缓站起身,走到窗前,轻轻地拉开窗帘,阳光一下子洒满了办公室,一股暖流涌遍了全身……

罟老师，你缺席了

1

9月10日已近仲秋，午后的阳光不减盛夏。校园里的香樟树叶子有些卷曲，绿得泛青的果子裸露着，似在招摇。桂花也开了，幽香散发在高温、潮湿的空气里，气味怪怪的，叫人想起夏天女人身上被汗臭侵袭了的香奈儿。

操场上坐满了人：学生、老师、家长。三个方阵井然有序，坐在前排的人都身披红底黄字的彩带，上书"感动校园人物"。

光明中学两年一度的"感动校园人物"颁奖仪式正在举行。

"他执教35载，热情不减；著书百万多字，笔耕不辍。他是本土专家，是闻名遐迩的老师，更是学生心中的一本百科全书。"主持人浑厚的男中音回荡在校园的上空，"有请第八届感动校园人物罟罡老师上台领奖。"

热烈的掌声响起。家长方阵热闹起来：有捧着鲜花站起的，有伸着脖子在教师方阵里寻找的，有夹着鞭炮走到操场一边的……这些都是刚毕业学生的家长。罟老师于他们，无疑是家庭的福星。

掌声越来越激烈，台上的主持人却一脸窘态……

这时，贾尚文校长才发现身旁的位置空着。罟老师去哪了呢？厕所？不对，这种场合，他不应该上厕所。班级？不对，班级学生都在操场上。罟老师在哪？

2

罝老师正坐在办公室的椅子上。他当了35年的老师,像今天这样披红挂彩还是头一次。他心里涌起多种情感,唯独没有高兴。

刚才在现场,看着同事领奖,听着他们感人肺腑的发言,他的脸一阵阵发烧。想着前几天,办公室主任让他给自己写推荐语、颁奖词,他很是苦恼。自己是数学老师,论文虽出了几本,但那些文字只能叫人明白,不能叫人感动。他不会赞美别人,更不会赞美自己,即便有了很美的情感也只藏在心里,从不诉诸语言。他这样想着,感觉座椅上有针,尽管他欠着身子,还是往肉里扎,索性站起来走向办公室。

罝老师的办公室设施属于高配,仅次于校长。一桌一椅一电脑,外加一面"正衣冠,端品行"的镜子和一张能伸缩的沙发椅。

"各位安静,由于气温太高,罝老师班有位同学晕倒了,罝老师送孩子去了医院,活动正常进行。"

广播里传来校长的声音,语调抑扬顿挫。罝老师一听,从椅子上跳了起来,接着用手按住了心口:他的心绞痛又犯了,豆大的汗珠从额上滚落。医生多次叮嘱他要控制情绪,可他就是控制不住,学生迟到、成绩下降,他都心痛。每次发作,他都自我安慰:冷静,冷静,人非圣贤,孰能无过?成绩上升下降本是常事……每每自我安慰,症状似乎减轻。这一次,他却控制不了,堂堂一校之长在如此场合竟信口雌黄,说话不就是儿戏吗?他给自己的承诺还能信吗?罝老师似乎感到被愚弄了,希望也要落空了。

3

近几年,政府引进"外优"办教育。"外优",优的不仅是师资,还有政策、生源,对原有的学校冲击很大。区内几十所初中,现在只有光明中学一所本土学校了,不能不说贾校长有两把刷子。

去年开学初,贾校长又想出一招:一白遮三丑。学校决定从20多个班中选出40人组成状元班,别的不求,只求中考出个状元。

为了实现这一宏伟目标,学校研究决定:通过双向选择来确定状元班班主任和授课老师。

大家都清楚:初三分班不利于学生学习,抽走班级的尖子生,对班级影响更大,是无奈的举措。更何况状元不是想培养就能培养出来的。一周过去,没有一名老师选择状元班。眼看就要开学了,校长不得不采取个人谈话的方式。

那是一个晴朗的早晨,初秋的阳光从朝南的窗子斜射进来,经过淡蓝色窗帘的过滤,洒下一片柔和浪漫。贾校长喜欢这样的氛围,每每在这个时辰,他都要用毛巾将手擦擦,打开精致的茶叶筒,屈起无名指与小指,将其余三指伸进筒里,撮一点茶叶放入洗得透亮的玻璃杯中,将新开的水冲入杯里,一股幽香便弥漫开来……贾校长很讲究,老师、学生的校服一律是紫色,图的是"紫气东来"。喝茶也是,他是北方人,偏爱南方的碧螺春。用他自己的话说,是爱碧螺春的香气和其中的"春"字。贾校长一手捧着茶杯,一手抚摸着花店刚送来的虞美人,脸上浮现诡秘的笑意。

罟老师敲门进来了,贾校长脸上的笑瞬间变得温暖,放下杯子,握住罟老师的手:"你好!你好!"

罟老师很是惊讶,上周在录播教室进行状元班班主任、老师双向选择,校长的脸又长又青,活脱脱一个苦瓜,今天咋了?他尴尬地坐在沙发椅上。

贾校长寒暄道:"罟飞工作几年了吧?他可是你的骄傲啊!复旦大学毕业,又在一家央企工作,让人羡慕啊,羡慕啊!"

罟老师听着很是别扭,不知点头好还是微笑好。他是理科生,喜欢判断,不喜欢迂回,最怕领导的山高水远。因为这一致命弱点,他尽管工作能力棒,年年带毕业班,至今也没混上"一官半职"。

贾校长呷了一口茶,接着说:"罟飞也到成家的年龄了吧?对象谈好了没?"话一出口,他便观察到罟老师脸上的表情有微妙的变化,那是自豪向自卑的晴转多云。

是的，这是罟老师的痛。儿子 32 岁了，谈过几个女朋友，都因没有房子吹了。他感到丢人、窝囊。自己当年可是班上的学习尖子，初中毕业就考上了师范，那可是很多人梦寐以求的呀。

可是，从刚工作时的每月 30 元到现在每月 5000 元，不说别人，就连自己的同学也无法比。特别是和他同桌的"二癞子"，当年高中都没考上，跟着他老爸做工程，做成了老板，住别墅，开豪车……想到这，罟老师的脸色多云转阴："校长，若没什么事，我就走了。"说着就站了起来。

"哎——不急，不急，今天找你是有好事的。"贾校长双手把罟老师摁下，"昨天中考表彰大会，领导一高兴，你猜怎么了？"贾校长停了停，罟老师抬起头，看向贾校长，"给每所学校一套廉价房购买权，作为教师的奖励。"

"廉价房？"罟老师显得坐立不安，双手不停地搓着。

"是的，就是'水上城市'剩下的那几套房子。"

"水上城市"，罟老师听说过，由于房子没学区，出售难，老板只得用房子抵税，把顶层四十套房子抵给了政府。政府又当作奖励……他从来没想过。现在，购房的权利下放到了学校，他觉得希望来了。

"校长，多少钱一平方米？"

校长伸出四个指头，眼睛盯着罟老师就是不开口。

"14000？"

校长摇摇头。

"原价的四分之一？"罟老师话一出口，马上否定，"怎么会呢？"

这时，校长便一字一顿地说：

"9999 元一平方米。"

罟老师抑制不住激动，这可是跳楼价了。他的脸涨红了，瞬间，红润又消退了。他清楚，不讲一套，即使十套也轮不上自己。学校 4 个校长、8 个主任，再加上这个"骨干"、那个"先进"，自己算哪根葱？

罟老师的心事都写在脸上，校长看得透透的。他站起身，双手抱在胸前，在办公室里踱起步来，踱得罟老师心慌意乱。踱了两个来回，校长开口了："本来嘛,我们想把这一套廉价优惠购房权给你。你干得不错,今年中考,升学率又提高了十个百分点。但单凭这一点,说服力毕竟不强。学校没房的老师太多了,就连吕校长还租房住呢。所以,我们开会研究,谁担任状元班班主任并培养出状元,这一优惠购房权就属于……"

"校长,你看我……"罟老师没等校长把话说完就接上了话茬。校长心里暗喜,却拉长了声调:"你?我当然看好!不过嘛,我一人讲了不算。明天,二次双向选择,你到会上去说,能让老师跟着你干,且出个状元,优惠购房权就归你了。我用人格担保,中考结果一公布,状元如在你班,立马兑现承诺,我从不说假话。"

校长的声音仍在罟老师耳边回荡,他想到当时校长拍着胸脯承诺的样子,越发怀疑起来。

罟老师心痛得更加厉害,他觉得对不起王小曼。即便王小曼是今年中考的地方状元,又能怎样?上上届的地方状元,高考不才上个一般师大吗?可耽误她练琴,也许将来的钢琴界就少了一个郎朗。

罟老师永远忘不了王小曼答应放弃学钢琴时的目光,那是无奈到让人心碎的目光啊!

罟老师接下状元班后,从教务处调出40个学生两年来的每次考试成绩,研究分数变化,研究文理科优势,研究变化中的稳定性……最终锁定王小曼。这个女生,两年来理科成绩平均分一直保持第一,语文成绩几次第一,只是政治、历史成绩差一点,没关系,死知识,功夫用到就行。

罟老师凭着多年的教学经验断定:状元培养人选,非王小曼莫属。

王小曼是年级出了名的全能学生,尤其是钢琴弹得好。学校有大型活动,她的钢琴独奏都是压轴节目。听说她家在这方面投资很大,给孩子学习钢琴的费用都能买一小套房子了,目的就是要培养出第二个郎朗。王小曼每周末都要去练琴,这就麻烦了,要想考取地方状元,非加班加点训练不可,怎么办呢?罟老师三访王小曼家,终于使得王小曼点头放弃练琴,去上周末补习班。

中考分数揭晓那天,罟老师凌晨1:00就醒了,睡不着,起了床,衔着"普皖"在十几平方米的屋里踱来踱去。他紧张、恐惧,甚至心痛。他想尽快知道分数,又渴望分数再迟点下来,他自己也说不清到底怎么了。工作以来,他少说也带过三十届毕业班,但从未有过这样的感觉。他实在待不住了,便起身去学校,走进办公室,打开电脑,找到查分平台,战战兢兢地打开网页,从口袋里摸出写有王小曼准考证号的纸条,一个数字一个数字地输入,电脑上除了准考证号什么也没有。他太心急了,分数要到15:30揭晓,现在才6:30呢。

罟老师目不转睛地盯着电脑屏幕,一分钟、两分钟……一小时、两小时……除了双眼,他的其余器官仿佛全停止了工作。

电脑屏幕开始闪动,出现"查分"字样,他以秒杀的速度点下:"王小曼,裸分798。"

他全身的血液一下子涌到头顶,昏昏的。他怕自己看错,于是取下近视镜,贴着电脑边看边读:"7——9——8——"没错!他一下子从椅子上弹起,像孩子一样抱着记录王小曼准考证号的那张纸,在办公室转圈,一圈、两圈……他头晕目眩,几欲倒下,这时,他才知道,自己近20个小时没吃没喝了。

10分钟不到,他的手机响了,是教务处李主任:"罟老师,祝贺你,王小曼798分,全区第一,全区第一……"接下来,罟老师的手机便成了热线:家长的、学生的、授课老师的……报喜的、感恩的、祝贺的……罟老师喜极而泣,流出泪来,他颤抖着手欲拿抽纸擦泪,心猛地一沉:贾校长咋没给我打电话呢?

4

贾校长的手机此时也是热线:向区政府汇报,向教育局汇报,向媒体报喜……

罟老师第一次感到自己的幼稚。两个月前的隐痛像微风下的涟漪,又在他心湖中漾开——

罟老师自担任状元班班主任以来,就没有白天黑夜的概念,总是放学后考试,连夜改试卷。这天,他同平时一样,吃过晚饭拉开公文包拿试卷,发现拿错了,包里装的是普通班上周考的试卷。他得返回学校去取,便匆匆出门,骑上自行车,赶到学校。

到了学校,他发现七年级办公室的灯还亮着,节约的意识牵着他过去,他一推门,门锁着。他掏出手机正要拨打保安的电话,却听见里面有"吱呀——吱呀"的声音,他把耳朵贴在门上,声音小了,门缝里溢出一股浓郁的香水味——任艾艾老师。

任艾艾是入职不久的年轻老师,和罡罡是青蓝对子,常到罡老师办公室。罡老师因为这香味总感到心里发慌,讲起话来语无伦次,使得任艾艾多次向校长请示,换了指导老师。

她怎么还在办公室呢?罡老师屈起四指,却停在了空中。就在他抬手的一瞬,听见了"吁——吁"的喘息,这个喘息声,他太熟了,每天早操都在他耳边挥之不去,且伴着一句永不变更的话:"你有把握让王小曼拿到状元吗?"罡罡的心先是一惊,接着是隐隐的痛。

罡老师对校长人品的怀疑又加深了一步,夹杂着鄙视,进而绝望……

5

窗外又响起一阵热烈的掌声,他弓着的腰有点酸痛,直起身来。"正衣冠,端品性"里出现一个佝偻、憔悴、瘦弱不堪的人。说来也怪,他坐办公室一年了,好像还是第一次看到镜子里的自己。

他索性走到镜子前,镜子里的他T恤衫的领子歪到了一边,他伸手来整,惊出了一身冷汗,他的两肩竟然右高左低,分明就是残疾!他想耸耸左肩,右肩和右手却抬了起来……35年练就的姿势。他一阵心酸,再有机会见面,她还愿意挨着我坐下吗?

罡老师转身又回到办公桌前,坐在了座椅上,拉开最里边的抽屉,伸进手,摸出一把钥匙。这把钥匙,一年只用一次:5月20日。他捏着钥匙在自己的眼前慢慢远移,仿佛越远越能看清楚些。是啊,奔60岁的人了,虽然工作激情没减,视力却减退了,更何况这不是普通的钥匙,它像一枚芯片,记录着罡老师所有的心事,只要一插进锁孔,就会触动他最柔软的地方。

他又将远移的钥匙慢慢收回,收回。他起身,移开椅子,弯腰,将钥匙插入柜子的锁孔,轻轻一扭,门开了,里面是一个粉红色的化妆品包装盒。罟老师一看到这个包装盒心里就不平静,甚至会看不起自己,又舍不得扔弃,而是不断地丰富着盒子。

那是5年前的中考阅卷会,罟老师早早来到会场,在签到簿上签了名字,便坐了下来,身子斜对着签到簿。他虽然是理科生,却写得一手好字,他喜欢欣赏老师们的签名。老师们陆续进场签到,"韦如燕",他本能地抬头,签名的人已转身,他看到的是一个修长的背影,是她。罟老师的目光被拽着,一直拽到第三列第四排的座位上,她坐下了。由背影到侧面,再到正面,清晰了。没错,是她。罟老师的心怦怦直跳,像40年前发现桌肚里的秘密一样。

罟老师尘封的记忆一下子打开了,他记起了那粉红色的连衣裙,记起了忽闪忽闪的大眼睛,记起了每个周末晚上,塞在他课桌肚里的一袋糕粉和糕粉里藏着的纸条:"临睡前,记得和着吃,下周,我再带。"

罟老师吸收着这样的营养,3年师范毕业,考入了安师大。

罟老师按捺不住自己,起身,走到第五列第四排座位坐下。他在等待时机,或酝酿怎样开口。

进入会场的人渐渐多起来,一位老师走到了他的身旁,他绅士般地移动座位,向身旁的韦如燕礼貌地一笑。韦如燕一怔:"你?怎么这么巧!"罟老师早已心跳加快、手心冒汗,想握她的手,却没有勇气伸出自己的手……

阅卷结束了,他约她来到了附近公园的湖边。

湖里,荷叶田田,菡萏娇羞,一只蜻蜓飞来飞去,似在寻找立足处。

"你还好吗?"罟老师关切地问。

"还好。你呢?"

"也还好。他对你好吗?"

韦如燕迟疑了一下:"哦,你是问我儿子吧?儿子对我很好,很懂事。"

罟老师心想,她那么聪明,不会不知道我问的是谁,不行,我要问个究竟:"我是问你的先生呢。"

韦如燕没有回答,把身子转了过去。修长的背影,楚楚可怜。罝老师心跳加快,鼓足勇气,双手扶着她的肩,让她坐到石凳上。

韦如燕的眼圈红红的。他似乎明白了,没再继续问。他忽而觉得身不由己,她像一块磁石,自己却成了铁屑,不由自主地被她吸引。从未有过的渴望迫切加煎熬,他想控制自己,理智不知去了哪,脑子一片混沌。靠近,再靠近,就在铁屑要沾上磁石时,一股力量猛地出击:"你是老师,不能乘人之危。""老师"的身份遏制了他的欲望,他浑身的燥热也慢慢冷却。韦如燕似穿越时光隧道,漫长跋涉后抬起头,微微一笑:"你车票买好了吗?但愿我们以后还有见面的机会。"

罝老师知道自己的理智伤了她,但又不知怎样挽回,一边结结巴巴地说"会有",一边从环保袋中拿出粉红色的盒子——"佰草集",递给了她。这是他昨天偷偷在商店里买回的,算是对她3年带糕粉的回报。

她看着"佰草集",激动? 气愤? 还是感激? 她自己也说不清,双手轻轻接过礼盒,抚摸着,仿佛抚摸着久违的情感,抚摸着失去的岁月……伴着手的轻抚,她的脸颊泛起了红晕,努力抿着的嘴猛地张开:"谢谢你! 收下了。"说着,揭开盒子,把爽肤水洗面奶面霜一一放入自己的挎包,把盒子还给了罝老师,她怕提着粉红的礼盒招人眼。

罝老师却不知何意,便又把盒子装进了环保袋,带到办公室,锁在了柜子里。自此,每年的5月20号,罝老师都要悄悄跑到很远的花店,买一枝玫瑰,摘下花瓣,放在唇上亲一亲,再装入盒中……

罝老师时常想起这个盒子,特别是受到妻子羞辱时。妻子初中文化,顶职进了供销社,早就下岗了。穷吵富安,因为经济拮据,妻子经常和罝老师吵架。罝老师最不能容忍的是她的侮辱性语言:"你就是个肿蛋,除了哄哄孩子,还能做啥?"

也怪,自从见了韦如燕,罝老师仿佛变得麻木了,她再吵再骂,他置若罔闻,想着柜子里的盒子,心里便有了安慰。

罝老师慢慢打开盒子,里面的玫瑰花瓣已被风干,但仍然鲜艳,一瓣瓣似在向他微笑。他轻轻地抚摸着,韦如燕那带着娇嗔的话又在耳边响起:"但愿我们以后还有见面的机会。"罟老师用手捧起花瓣,贴在自己的脸上,一种特有的芳香由淡而浓:"如燕,我何尝不想见你呢?我是教师,又是有妇之人啊!"罟老师轻声说着,只有他自己听见。

"有请第八届感动校园人物贾尚文校长上台领奖。"

主持人的声音比先前提高了10个分贝,罟老师猛地惊了一下,虔诚地将礼盒盖上,放回柜里,扭了一下钥匙,锁上了。

6

他起身,拉开了办公室的门,颁奖台正对着自己,"感动校园"被大红底子衬得格外刺眼。他苦笑着,下了楼,不自觉地走出校门。

夕阳染红了西边的天空,云,红的红,紫的紫……他注视着,注视着,视线模糊了,云中仿佛走出了自己的小学老师,走出了自己崇拜的初中班主任……他的脸上有了暖色。

罟老师正想说点什么,一个声音却在他头顶回旋:"罟老师,你——缺——席——了——"

罟老师四处张望、寻找,仿佛看见操场上那个因他缺席而空着的座位,在拥挤、热闹的人堆里发出神圣的光……

网

1

　　夜已深,四楼九年级实验班教室的灯还亮着。学生们正在刷题,笔尖飞走的"沙沙"声像蚕食桑叶,疾速的、缓慢的,交织在一起,像音乐的和声,又像杂糅的句子。面对"离中考还有 45 天"的倒计时,谁也不愿第一个放下手中的笔,更何况下周一要进行江淮名校联考呢。

　　讲台上站着班主任兼英语老师余毓。她一脸严肃,目光炯炯,按 S 形环视着。突然,她的目光停在了三列四排的座位上,抖动起来,进而向整个教室扩散,聚集,再扩散,再聚集……

　　余老师一个箭步跨出教室,把目光投向校园——

　　校园笼在朦胧中,操场上的运动器材掩映在树木竹林中,这儿凸起,那儿凹下,像暗流涌动的海面。余老师的心一下子揪紧了。

　　离学校 10 公里外的一家别墅也亮着灯。主人罗惠民正坐在书房电脑前,一边审阅着单菁菁上报的业务方案,一边等女儿下晚自习。

　　近两年,受金融危机的影响,投资风险越来越大,身为投资公司老总,她寝食难安。公司人员一裁再裁,进行大换血,却招进了单菁菁。

　　单菁菁来公司已三个年头了,业务方案做得仍不规范,罗总看得头晕目眩。她摘下眼镜,用右手的大拇指和食指挤压着睛明穴,站起身走到窗前。

月光把小高层的影子投在窗前的地上,阴森森的,仿佛是谁设置的陷阱。

"有新公司上市",手机发出报告声。这是罗总特意设置的语音提示,她喜欢这种富有生机的话语。罗总扫了一眼手机,是班主任余老师的短信。她一愣,皱了皱眉头,抓起车子钥匙出了门……

10分钟不到,罗总站在了余老师面前。侯冀离校出走已成事实。

余老师拿出侯冀今天的信息记录,和罗总一起分析:

上午第四节课,物理老师送来的物理测试成绩,侯冀排名第二;

中午,生活委员反映侯冀没吃午饭;

下午第一节下课,体育老师报告侯冀800米长跑没达标;

……

余老师拨打单校长的手机,请示是否要报警,但还没等接通又挂了。余老师知道,向单校长汇报,无疑等于告诉校长自己工作能力差,没有完成学校分配的任务。两年前,侯冀刚入学,校长对她和授课老师说的话又响在耳边:"侯冀的学习要按设计的轨迹运行,切不可以忽略细节,授课老师必须实行'天汇报制',确保侯冀在3年后的中考中拿到状元……"

余老师握着手机不知所措,用无奈的目光看着罗总。罗总脑子里一片空白,她想打电话给先生,又怕惊扰先生。

罗总是女强人,也是贤妻良母。她是读着舒婷的诗长大的,她始终像一棵木棉站在先生这棵橡树旁。先生是信息系统的王牌,她是金融系统的"大咖"。她与他这么交相辉映地站在事业的大地上,除了爱,更重要的是携手为女儿站成一道风景,站成女儿的向往。她从不因家里的琐事打先生的电话。

一向矜持的罗总失态了,甚至有些歇斯底里:"侯冀,你怎么可以这样?你……怎么可以这样呢?"

罗总的眼里盛满了焦虑,她忽然感到自己所做的一切都要付诸东流了。女儿上的这所学校是全市最有名的初中,是中考状元的摇篮。为了女儿,她第一次权权交易,暗箱操作,录取了单校长的千金单菁菁为投资公司的员工,还……

罗总越想,心里越难过,越紧张:"侯冀,你在哪?"

2

侯冀正走在校园外的马路上。路两旁是高大的梧桐,旺盛的枝丫肆意地伸展,在空中交会,形成了篷,遮住了日光月华。一片叶子在夜风中离开枝头,落在侯冀的脖颈上,她用手抓起,吃了一惊,还是初夏,怎么就落叶了?她浑身不自在,索性脱了外套,拿在手上。外套上的标志"√"在她眼前一闪,她的思绪便飞了很远——

那是她6岁生日。妈妈第一次到幼儿园接她,便对她说:"宝贝,今天是你生日,妈妈要给你买最好的生日礼物。高兴吗?"侯冀一下子扑到妈妈怀里,搂着妈妈的脖子问:"妈妈,什么生日礼物?""保密!"妈妈一脸得意,在侯冀脸上亲了亲。

走进商场,小侯冀被花花绿绿的裙子吸引了,拖着妈妈往花花绿绿奔,妈妈却拉着她的手往运动专柜走。母女俩都停下了脚步。

"妈妈,我要买花裙子!"

"宝贝,再过一个月,你就要上小学了,你是大孩子了,可不能再迷恋花花绿绿的裙子。妈妈要送你特别的衣服。"

"妈妈,什么特别衣服?"

"特别衣服嘛,就像一位不说话的老师,能督促你做个好孩子,做个学霸!你想不想做学霸?"

侯冀对妈妈的话似懂非懂,但想到衣服的神奇,便点了点头。

妈妈拉着侯冀来到耐克专柜,选了两套夏装,一套藏青色,一套天蓝色,便用手托起耐克标志"√"笑盈盈地问:"宝贝,喜欢吗?"

侯冀摇了摇头。

妈妈蹲下身,把衣服摊在膝盖上,一手搂着女儿,一手指着"√"说:"宝贝,你看这是什么?"

"钩！我的英语绘本上都是小钩钩。"

"对了！你穿上它,以后的作业都是小钩钩。"

侯冀扭过头,将信将疑地看着妈妈。

"相信妈妈,穿上它,就能成为学霸。"

侯冀伸出小手,指着粉红色的夏装说:"妈妈,我可以换那套吗?"

妈妈摇摇头,轻声说:"不——可——以。"

侯冀噘着小嘴,泪水在眼眶里打转。

妈妈放下衣服,双手搭在女儿的肩上,紧紧盯着女儿,严肃地说:"宝贝,妈妈平时怎么教育你的?要像爸爸一样坚强。这点小事就流泪,长大能做什么?"

侯冀胆怯地擦了擦眼泪,犯了错似的,低着头。

妈妈一手拉着女儿,一手拿起衣服,来到穿衣镜前,把天蓝色的衣服在女儿胸前展开:"宝贝,你看多漂亮,看着衣服的颜色,你想到了什么?"

侯冀歪着脑袋,眨了眨眼:"大海!"

"对!对!"妈妈激动起来,脸上泛着红光,又指着另一件说:"这个呢?"

侯冀盯了半天,也想不起来。

妈妈急了,指着藏青色的说:"这是山的颜色。山稳,海阔。"

侯冀看着镜子里的妈妈,眼里全是疑虑。6岁的孩子还不能理解妈妈的用意和美好愿望。妈妈选这样的色彩,是想从潜意识里暗示女儿。她希望女儿有一颗宽广的心去孕育未来,有一个稳定的成绩去赢得未来。

从那一刻开始,侯冀的服装从短衫到羽绒服都是耐克牌的。

说来也巧,侯冀穿着耐克衫从小学到初中都是班上的学霸。侯冀对妈妈越加崇拜了。可是……

侯冀埋怨起自己,埋怨自己不该多看了他一眼。

3

昨天体育课,训练过长跑、跳绳、坐位体前屈,学霸一类的同学躺在草坪上掏出随身带的备忘录,巩固知识,还有些同学便来到高低杠前玩起了高低杠。

侯冀的备忘录是班主任为她量身定做的,每天的尺寸都有变化,今天是完形填空。为了她能在下周一的江淮名校联考中拿满分,余老师有意提高了难度,要求侯冀每完成一道题,就要举一反三,自己想出三五道题目来。余老师的经验是:出题比做题更能锻炼学生的归纳和记忆能力。侯冀想出一道题就卡住了。

她抬头思考,高低杠上的王小宝正屈伸上换握高杠,腾空,一跃抓住了高杠,接着一个转身倒立起来……

侯冀惊喜,坐起,前倾,双膝跪在了草坪上……外婆家门前电线上的小燕子一下飞进了她的脑海,她张大了瞳孔,张大了嘴巴……王小宝空中腾飞的形象像极了小燕子。

接下来的化学课,她怎么也安静不下来,脑子里一会儿是小燕子,一会儿是王小宝。王小宝和小燕子在她脑海中上蹿下跳,她甩甩头,试图将其甩掉,但越甩,形象越分明,她害怕起来,她从未有过这样的感觉。

下课后,她趴在课桌上。王小宝一个"障碍跨栏"碰到了侯冀的座位。侯冀抬起头,只见王小宝冲上讲台,擦起黑板……

这时,侯冀忽而记起,每堂课,老师都要将黑板写得满满的,下一节上课,黑板又都干干净净的,自己从来没擦过,都是王小宝擦的吗?她心里升起一种从未有过的感情:感动?感激?她自己也说不清。

不管是什么情感,她都不能原谅自己。她想起了爸爸的话:"冀儿,要想学习超过别人,就要做到比别人更专心,任何时候都要心无旁骛。"

我做到"心无旁骛"了吗?侯冀自责着,但自责并没让她安心,她心里反而更乱了。直到下晚自习,她的心也没回到从前。

她的心回不到从前,这是她不能原谅的,也是她不敢想象的。她,第一次失眠了。

4

今早,她感到四肢发软,大脑空空的。上午第三节课物理测试,侯冀拿到试卷竟忘了老师给她的锦囊妙计。这可是三天前,物理老师为她开小灶,传授的应试方法。侯冀紧皱眉头,希望能把方法挤出来,挤出的却是汗。一看表,时间已过去了 10 分钟,她不能再挤了,拿起笔唰唰做起来。

第四节下课,班主任把她叫去了,指着试卷上的"85"(满分 90)说:"侯冀,这就是你的物理成绩吗?"

鲜红的"85"像刺刀,迅速穿透耐克衫,刺中侯冀的心,她的心绞痛着。她惭愧地抬起头,想说声"对不起!",目光与班主任的目光相遇了,她吃了一惊,悲惨的一幕又出现在她的眼前——

八年级时,上学路上,她看到一只小狗从车窗纵身跳下,旁边的车子从小狗身上疾驰而过……小狗的主人抱起小狗时,目光就是这样:痛心!自责!绝望!

"85"意味着我在江淮名校联考中有被碾压的危险吗?太可怕了。

午饭时,她看着饭,一点食欲也没有,"85"装满了她的头脑,也装满了她的胃,一阵恶心,她便推开饭盒,趴在桌上试图睡觉。可接二连三的事像一条条小蚕啃噬着她的心,她的心在滴血,一滴,一滴,在胸腔洇开,洇开,洇成一幅复杂的图案……

她正想理一理纷繁的思绪,上课铃响了,体育测试。她咬着牙走向操场,跑上跑道……结果 800 米用时 3′26″,没拿到满分。

晚自习,余老师早早站在讲台上,脸像窗外的树,铁青着。侯冀想,晚自习会不会变成成绩分析会呢?"85""3′26″"一起蹦到她面前,嘲笑着她……她实在受不了了,抓起书包,趁上自习前同学们进进出出的机会,出了校门——

5

路上死一般的寂静,侯冀的心在这寂静中下沉,下沉……握着衣服的手不自觉地颤抖起来,她松开了手,放弃的同时,世界也仿佛离她而去。双脚起落的声音更沉重、怪异。她打起哆嗦,感觉有双无形的手拿着鞭子,正把她往黑暗的地方赶。她不甘心,心里似乎升起留恋的情感,但瞬间又消失了。黑暗好,走进黑暗就不会再看到可怕的目光……

于是,她迟疑的脚步变得坚定,坚定地往公园湖畔走。

公园里,角角落落都有彩灯,梦幻一般。通往湖畔的路蜿蜒着,路旁是密集的植物,绿光下,这些植物没有了岁月的沧桑,没有了时光的年轮,就那么碧绿着,水嫩着……如处子的皮肤,又如浸着水的梦。

这样的景致一下子征服了侯冀,她忘了自己要去的地方,伏下身,目光亲吻着每一片绿叶,不自觉地吟道:"明月松间照,清泉石上流。"她很小的时候,妈妈就教她背诵过《山居秋暝》,但从没有过这样真切的感受。她伸出颤抖的手抚摸着,抚摸着,她仿佛抚摸着诗、抚摸着一幅画,甚至抚摸到诗的虚实结合之美:灯光如水,泼洒在绿植上,像清泉流过岩石,有淙淙的声音响在耳畔……哦,诗的意境原来在这里!她展开双臂拥抱,眼里溢出泪来。

忽而,彩灯由绿变为黄,侯冀眼前一片枯寂,她的第一反应:秋季。季节也跳级?"跳级"一词让侯冀很快又想到了爸爸。

爸爸是侯冀的偶像,土生土长的农家孩子,凭着自己的毅力和专心,小学连跳两级,一路超过他人,考取名牌大学,继而被保送出国,回国后,成了信息系统的领军人物……

侯冀环顾四周,一盏盏太阳能灯发出幽暗的光,像忧伤的眼。一股凉气从不远处袭来,包裹着她的全身。她蜷缩着,像一只蚕,任由心中惭愧的丝缠裹,缠裹,裹得她喘不过气来……

她咬着嘴唇,不让泪水流出,心里默默地说:侯冀,你不配做爸爸的女儿。

她黯然神伤地来到了湖边。

湖岸躲进了夜里,灯光把岸边的垂柳装点得格外靓丽,成团、成堆、成片地将湖环抱着。

自然就是这样神奇,往往能将人记忆的死角瞬间复活。眼前的湖与柳,让侯冀想起了朱自清的《春晖的一月》,想起了她最喜爱的句子"湖在山的趾边,山在湖的唇边……"心湖漾起一层温暖的涟漪。自然与文学在这里合而为一了,这是语文老师无论用怎样的语言也描绘不出的境界:相依,相拥,相亲……她甚至想,字典上应该有"唇趾相依"这个词吧。侯冀的感受除了美,还有一种力。她的思绪返回到操场,返回到高低杠上……这样的思绪跳跃让她浑身松弛下来……她太累了,她想休息片刻。

侯冀依着柳树坐下,爸爸陪她赏喷泉的情景又浮现在眼前——

那是她上初中的第一个国庆节。爸爸从外地回来了,仅有的三天假都给了她:第一天陪她逛书店,第二天陪她攻克难题,第三天陪她来到公园,来到这个湖畔。

湖中心的喷泉开了,白练当空,如纱,如瀑,飞溅的水滴被阳光染成了彩色。侯冀兴奋极了,抱着爸爸的胳膊、合着喷泉的音乐跳着。爸爸为女儿的兴奋而兴奋,饶有兴趣地给女儿讲起喷泉的形成过程……

七年级的侯冀,脑海里第一次装进了"溶解度""压强""理想气体状态方程"……尽管这些名词是那么陌生,可是,她心里已产生了对物理、化学的兴趣。爸爸从喷泉原理讲到射程,进而讲到湖面积的求解……侯冀听得如痴如醉。爸爸暗自庆幸一个清华生在自己的手中有了雏形。

爸爸现场讲学在女儿心里播下了爱科学的种子,女儿一直用努力浇灌着这粒种子。今天,这粒种子缺水了,干瘪了,侯冀的心苦涩着、羞愧着……

彩灯灭了,眼前一片黑暗。她抱紧书包,一种生死离别的恐惧胁迫着她,勒索她,她喘息加速,嗓子干得冒烟,她想咽一口唾沫,口腔却干干的,她感到死在向自己一步步逼近,她全身打抖,发抖,闭上了眼睛……

"啪!"重物落水的声音钻入她的耳朵。"我解脱了。"她告诉自己。睁开眼,想最后看一看这个世界,却看见一条一尺来长的鲤鱼在湖面跳跃……她确定落水的是鱼,心里涌起一种复杂的情感:幸运,耻辱?

远处的小船向她靠近,船上的渔夫正用手捋着什么。渐渐地近了,近了,连接渔夫手与湖面的是网。网越收越紧,她看清网中的鱼恐惧得东撞西撞……其中的一条好像是刚才跳水的鲤鱼。她的心又一次变得灰冷:得水的鱼也逃脱不了被网住的命运!

6

  这时,一条鱼冲破了网,蹦到船头,继而蹦到了湖里……侯冀打了个激灵,一骨碌站起身。

  晨光熹微,给这个熬过黑夜的孩子镀上了银色……

吻

1

年三十,满眼都是喜庆,红的灯笼、红的对联、红的衣服……这红里仿佛有着浮力,荡漾着心,荡漾着人。

思齐被浮力轻轻托起,飘飘的……也难怪,自从母亲走后,她还是第一次回老家过年。

她开着爱车,和老爸聊着老家的人、老家的事。

"嘀嗒!"

"嘀嗒!"

手机像淘气的孩子,接连不断地插嘴。

思齐对手机瞟了一眼,"胡亚轩"。

胡亚轩是思齐的小学同学,还没毕业,思齐就转学了。

一次,思齐受了风寒,到530医院就诊。她坐在候诊室,很快,屏幕上出现了她的信息:"1132 思齐,202 诊室。"她来到了202室,门关着,她等在门口。

202室里,医生胡亚轩正看着电脑发呆:思齐,思齐,他不停地重复着这个名字,时光回到了15年前——

三面环山的黄土岗,三排土墙瓦顶的房子,一块不规则的场地,场地东西各有一副简易的篮球架……这便是他的母校。

一节体育课,老师扔下篮球走了。体育委员让同学们分组打比赛。胡亚轩班21人,一人做裁判,剩下的5人一组,正好4组。组长产生了,很快挑走了自己的组员。胡亚轩孤零零地站着,眼睛看着地,手却没处放。他瘦小体弱,看上去像只麻雀。同学们七嘴八舌,胡亚轩窘得脸红到了耳根,他感到脊背有许多只小虫在蠕动……

这时,一位女生往操场中间一站,举起手说:"胡亚轩在哪个组,我就参加哪个组。"说话的人是思齐,思校长的女儿,胡亚轩的邻居。她话音一落,操场鸦雀无声,只见4个组长同时出列,走向胡亚轩……

是她吗?胡亚轩不敢相信。他很快回到状态:"下一个。"

思齐一推门,胡亚轩猛地站了起来:"真的是你!"虽然过去了15年,但思齐杏仁似的大眼睛,高高的发际,胡亚轩一眼便认出了。

"思齐,我是胡亚轩,我们是小学同学。"

思齐看着身材不高的男生,记忆复苏了。"胡亚轩!怎么这样巧?"她伸出手,他双手握住……

思齐点开微信:"齐,春节准备回老家吗?""齐?"思齐感觉怪怪的,嘴一撇,露出不屑的笑。

"千万别回了,新型冠状病毒传染性极强,待在家里,少与外界接触。"

思齐一脚踩下离合。"老爸,我们不能回老家了,新型冠状病毒肺炎传染得厉害。"

"谁说的?"

"我同学说的。他是医生。"

"我女儿是名校教师,怎么也听信谣言。回,一定要回,七大姑、八大姨都在家准备着呢。说不回,就不回,怎么解释?"

思齐慢慢抬脚,松开离合,但车子怎么也跑不快了。

2

大年初一,思齐一开机,"嘀嗒!""嘀嗒!"

"齐,新年快乐!我在开往武汉救援的车上……"

思齐一骨碌坐起来,尽管昨天在网上搜了些信息,却不知情况如此严重。一想到昨天在加油站排队,车挨车,人挤人,思齐便感到胸闷气短……她立即起床,收拾东西,不容分说就把老爸拉上车,返回了。

回到家,思齐感觉一切正常,没那么恐怖,便在手机屏上写下:"胡亚轩,你是不是危言耸听了?"刚写好,又删了,发了三个"大拇指"。

对方却迟迟没有回复。她记得,平时聊天,她这边发过去,那边就秒回。工作很忙?思齐猜测着。

"嘀嗒!""嘀嗒!"手机响个不停,都不是胡亚轩发来的信息。思齐索性把手机静音了。

吃过午饭,她一看手机——

"齐,谢谢你为我点赞!我……"

思齐看着省略号,抿嘴一笑:这个胡亚轩也玩起了文青的文字游戏。思齐迟疑了一会儿,回复道:"想不到,曾经胆小怕事的你竟这么勇敢!"

3

年初五,天下起了雪,思齐站在阳台,伸出手,一片雪花落在她手心,晶莹剔透,瞬间,融化了……思齐娇嗔道:天上的雪,少女的心,纯洁而易流泪——

她打开音乐,"隐形的稻草人,守护我的天真……"李行亮的《愿得一心人》像一枚小石子,投进了她的心湖,泛起涟漪层层……她极目远眺,看到了学校的一角。脑海中闪现出胡亚轩的身影——

那是去年9月10号,思齐上完课回家。刚出校门,身后传来喊声"思齐"。她一回头,看到宣传栏下站着胡亚轩。

"胡亚轩！怎么是你？"

胡亚轩拿出藏在身后的一束玫瑰，腼腆地说："思齐，节日快乐！"

这是思齐过的第一个教师节，她好感动，甩了伞，张开双臂，双臂却僵住了……

思齐把手擦干，坐下来看书，书里的文字却同她做着鬼脸，一会儿变成数字，一会儿变成口罩，一会儿又变成防护服……她把目光移向手机——

"齐，这两天确诊人数成倍增加，想到身边病毒蔓延，不免担心。你说我勇敢，其实，我还是那个胆小的胡亚轩，疫情当前，我只能服从。不怕你笑话，我按下手印的那一刻，心是害怕的，手是颤抖的……真不知道，我还能挺多久……"

思齐看着短信，眼里有滚烫的东西流出，她想到自己年初一早晨的恐惧，想象胡亚轩的处境，不禁哆嗦起来。她咬着牙回复道："胡亚轩，我为你骄傲，相信你会一天天坚强起来，加油！"

4

2月4号，思齐收到学校转发的文件：任何学校不得在2月17号前开学……思齐感到形势的严峻。打开手机，铺天盖地的都是疫情的消息：疑似，确诊，死亡……

她忽而觉得病毒在向自己袭来，慌忙滑动手机屏，找"胡亚轩"，想从他那得到第一手信息，可是……

思齐坐立不安，在房子里来回走，走过穿衣镜，她停住了脚步，伫立在镜子前，看着里面的自己：瓜子小脸、透亮的眸子……她伸出手抚摸自己，脸颊泛起了红润，心怦怦跳动，眼睑垂下了……

5

"胡亚轩，你不能倒下！你不能倒下！"思齐从噩梦中醒来。她伸手按着胸口，睡衣湿透了。确诊人数的一天天增加，一线医生的逝去，胡亚轩几天没有消息……思齐被焦虑与恐惧彻底征服了。她战战兢兢地拿起手机,触屏,泪眼模糊——

"齐,你好吗?一连几天,我都沉浸在痛苦中,一个个生命瞬间就没了,死亡撕扯着我的心,逼迫着我去面对,去思考,齐,我……"

胡亚轩有消息了,思齐心里轻松了许多,她琢磨着省略号,一种微妙的情感在心中潜滋暗长。心中仿佛有只小鹿在乱撞……

她起了床,走进书房,拉开书柜的抽屉,取出一封信,这是她18岁生日时,爸爸亲手递给她的——

"齐齐,我的女儿!妈妈对不起你!妈妈没有征得你的同意,执意去了抗'非典'前线;你还没有长大,妈妈又要离开你。希望你能理解妈妈,妈妈的职业是医生,救死扶伤是天职。有一天,你选择了自己喜欢的职业,你就会明白:职业的责任胜过生命……"

信还没读完,思齐已泣不成声……妈妈走的那年,思齐才8岁。妈妈走后,爸爸两地分居的调动报告批了。思齐告别了老家,告别了胡亚轩……

天亮了,窗外,梧桐树在风中摇曳,树头已露出了新芽,她心生崇敬,拿起手机,向胡亚轩倾诉着……

胡亚轩坐在值班室的椅子上睡着了。他太累了,他的病人一天确诊十几个,护士人手不够,他既当医生又当护士,连续24小时没有合眼了。

胡亚轩纵情奔跑在一望无际的绿草坪上。一个红衣少女正在追着风筝跑,他正追着少女跑,跑着,跑着,他被风筝线绊倒……惊醒,一看表,离开病房已23分23秒了,他一下子站起来,往病房走。梦中的少女仍在脑海中奔跑,她便是思齐。

6

元宵节晚会正在进行,这是一台没有观众的晚会。诗朗诵《谁是最可爱的人》激情澎湃——

"……

谁是最可爱的人？

我们的白衣战士是最可爱的人！

他们战斗在抗疫第一线，

用生命呵护人民的健康！

他们……"

伴着声情并茂的朗诵,屏幕上出现了一组组特写镜头:患者被隔离时的绝望眼神,治愈者与亲人相拥的热泪挥洒,白衣战士的艰难步伐……

思齐感到胸腔里的血液在向上涌,向上涌,她站起身,走进了卧室……

拉开窗帘,月光把屋里映得透明。这透明是蒙了一层纱的,婆婆娑娑。思齐的心事被月光浸透了,格外清晰,又格外模糊……

一晃,寒假结束了。思齐走进了空中课堂,给孩子们上课。"……窈窕淑女,钟鼓乐之。"她声情并茂地朗读着,心中掠过胡亚轩的身影……她接着讲解,却每每词不达意。

此时,胡亚轩正在洗手间,看着镜子里的自己,有点不自在。眼睛小得像两个不规则的句号,但句号里偏偏走出思齐,高挑的个子,着一袭白色的连衣裙……

2月10号是个关键的日子,胡亚轩早早来到病房,聚精会神地分析病人的体征报告,调整着用药量、注射次数……他明白:今天是个拐点,病人熬过今天就有了希望,否则……

23:23,他走进了第10个病房,一位病人情况不好,手和脚都发紫了……他呼叫重症监护室……

病员转移了,胡亚轩感到胸闷,想呕吐……他知道自己被病毒感染了,紧张并镇定着。他想到了思齐,想到了思齐这段时间对自己的鼓励,对自己的……千言万语涌上心头。他用手把防护服扯一扯,抹一抹,一笔一画,把六个大字写在了胸前……

"同学们好,我们又见面了。相信,你们经过两天的学习,已经习惯空中课堂了吧。下面进入知识检测。"思齐说着便把一组测试题传了上去。屏幕右下方聊天栏里出现了一个个"弱"的表情,她一看,自己传的是单元测试题。她尴尬,自责,同时也很震惊!她想到了胡亚轩,他会不会也心神不定?会不会在用药剂量上出错?慌乱中,思齐点开了"视频通话"——

她看着包裹在防护服里的胡亚轩,一句话也说不出,紧紧盯着他的双眼,那是叫人捉摸不透的眼神,有泪流不出的模样。思齐心跳加快,隐约看到胡亚轩防护服左胸前写着自己的名字,她想看清楚,胡亚轩似乎有意识地转过了身体。

她控制不住,哭了……"思齐,怎么了?"胡亚轩急转身,文字一个个清晰起来:"思——齐,为——你——挺——住!"

思齐双手捂住了脸……

7

胡亚轩倒下了,他静静地躺在病床上,心却似大海翻腾,十几天来的经历一幕幕浮现在脑海——

正月初七,是胡亚轩的生日,他想打个电话给妈妈,可挤不出时间。他正要吃早饭,主任让他到值班室去。

胡亚轩推开值班室的门,手捧鲜花的大爷扑通一声跪在了他面前:"胡医生,感谢你给了我老伴第二次生命!"他扶起大爷,心里漾起一种情感,那是生命回报生命的幸福……

暮色四合,蛐蛐在泥墙根下,声长气短地叫着……父亲伏在桌上,弓起的背起伏着……邻居一边说着话,一边抹着泪……胡亚轩坐在门前的台阶上,搂着思齐:"别怕,我会天天陪着你……"

思齐又梦见了母亲去世的那天。她披衣坐起,开灯,对面墙上的母亲嘴微启,仿佛要说出话来……

此刻,2月16号3:13,胡亚轩从昏迷中醒来了,他摸到手机,点开"思齐",用力写着……

"嘀嗒!"

半夜三更,胡亚轩怎么发信息来了?思齐紧张地点开——

"我——爱——你!"

三个字像电流,流经思齐的每一根血管,她酥软了,用颤抖的手写下——

"我——爱——你!"

"嘀嗒!"

他和她把嘴贴在了手机屏上,一任泪水流下……

心声

1

　　孬躺在床上,翻来覆去。"没有校服的学生取消选拔资格。"老师的话在他耳朵里嗡嗡响,响得他泪水涟涟。他一骨碌坐起,发狠地甩着头,想把声音甩远。可是,越甩,耳朵里越响。他抓起被子蒙住了脸……

　　妈妈用温柔的手托起他的头,放在怀里:"孬,哭什么?谁欺负你了,告诉妈妈。""妈妈,同学们都要上电视了,我没有校服,上不了电视。"妈妈变魔术般地从兜里掏出蔚蓝色的布团,轻轻一抖,一件崭新的校服亮在孬的眼前,他抱着妈妈就亲,妈妈的脸干瘪粗糙,他惊讶得睁开了眼。"醒了,孬。你说了一夜胡话,把奶奶吓死了。"孬松开奶奶的手,掀开被子,抖着床单,翻着枕头……"孬,找什么呢?"孬停住了手,他知道校服只是个梦。

　　山里的早晨格外的静,静得能听见自己的心跳。阳光穿过嫩黄的树叶,与山路上的斑斑驳驳拥抱着。一只蚂蚁在山路上爬行,慌慌张张。孬停住脚步,蹲下,伸出拇指和食指,轻轻捏住蚂蚁,放在手心说:"小蚂蚁,你也找不到妈妈,找不到伙伴了吗?"他将脸贴上了手心。蚂蚁的触角触动着他的脸,他想起了虎子。

　　那是去年深秋的一个上午,最后一节课,天突然下起了雨,瓢泼一般。走廊上挤满了送伞的妈妈们。孬想,我妈妈会不会突然回来了,也送伞来了呢?下课铃一响,他第一个冲出教室,在人群里找……妈妈们一个个领着孩子走了,孬像一片被雨打落的树叶,湿湿的,贴在了墙上。他咬着嘴唇,闭着眼,憋住,不让伤痛流出来。憋着,憋着,泪决堤了,哗哗的。他一个转身回到教室,趴在课桌上放声哭起来:"妈——妈——"哭声在空荡荡的教室里回响,撕心裂肺……他哭着,哭着,睡着了。一条毛毛虫在他脖子上爬,痒痒的。他一扭头,虎子捏着根狗尾巴草站在他背后:"还没吃饭吧?"说着从身后拿出一个烧饼。孬望着烧饼,迟迟不接。"吃吧。你奶奶腿脚不方便,不会送饭来的。"孬眼里一热,抓过烧饼,和着泪吃起来……

"哞——"孬抬起头,山坡的庄稼地被嫩绿的草覆盖着,黄的黑的牛摇着尾巴,吃着草。两只小牛犊在嬉戏追逐,把孬的心逐到了冰窟窿里。他把小蚂蚁放在一颗陈年的栗壳里,向学校走——

教室里,同学们都在议论上电视的事,孬听得刺耳,失魂落魄地坐在座位上,脑子一片混沌,一会儿是蔚蓝色的校服,一会儿是妈妈的笑脸……他把桌上的字典一翻,正巧翻到了"zhuan"所在的页面。看到了"孬":1. 弱,懦弱。2. 孤儿。两条注释像两把小尖刀不偏不倚插在孬的左右心房上,殷红的血涌了出来,堵住了他的胸腔……他不知道爸爸为何要给自己起这个鬼名字。他左手抠右手,右手抠左手,就是抠不出答案。泪,一滴滴落在字典上,落在"孤儿"上,刻骨铭心的一幕又浮现在眼前——

春天的山是诱人的,油茶桃、春溜果,白花花、红彤彤的,挑逗着孩子的味蕾和意志。学校后山上就有一大棵油茶树,树上挂满油茶桃。几个馋嘴的孩子趁大课间悄悄钻进后山,爬树,摘桃,打闹,油茶桃把一只只小裤兜撑得鼓鼓的。上课预备铃响了,孩子们一个个猴子似的,从树上往下滑,被一位阿姨逮个正着:"你们这些没家教的兔崽子,把我的瓜秧糟蹋完了。"这时,孩子们才发现自己的脚正踩在瓜秧上。"说,是谁带的头?"一个刁滑的男孩指着孬说:"是他,他是孤儿,没家教。"孬扑过去,一下子抓住对方的衣领:"你胡说,谁是孤儿?""你不是孤儿,咋没见你家人接送过你?"孬不知道爸爸妈妈不在身边算不算孤儿,但他知道自己的心被戳痛了,他手软了,泪流了,裤兜里的油茶桃被捏得稀烂……夯推开字典,垂下了头,委屈龇牙咧嘴,啃噬着他的心。

下午最后一节课,老师叫同学们到操场彩排。教室里顿时雀跃声起,脱棉衣,穿校服,哼校歌……兴奋带起了灰尘,轻扬着。夯红着脸,瑟缩着,像见不得人似的,一手抓着书,一手攥着笔,心拧成了疙瘩……他看向对面的教室,教室空空的。四五六年级学生多半去城里读书了,没去城里的都到中心校就读了。他又想起了虎子。虎子和夯是一起长大的伙伴,比夯高一个年级,上学期转到城里一家私立学校就读了。

虎子去城里的那天,天特别热,蝉在树上唱个不休,不知对谁诉着心事。夯要去送虎子,脚却不由自主地向河湾走,走到和虎子常常摸鱼的河边。河水从大大小小、圆的长的石头间夺路而下,头也不回,奔向远处。夯想,河水也要赶着进城吗?他捡起一颗石子掷进河里,自己的脸花了……他看着,看着,扑哧一声,笑了——暑假里的一个中午,夯和虎子吃过午饭,合计着下河洗澡,来到河边,正要往河里钻,夯拽住了虎子的裤衩,屏住呼吸,噘着嘴,比画着。原来,圆石板上一只老鳖驮着一只小鳖在晒太阳呢。他俩会心一笑,悄悄潜入水里,向圆石板靠近,靠近,靠近了,他俩钻出水面,老鳖长长的脖子左右扭动,绿豆似的眼睛滴溜溜的。夯怕目标太大,再次潜入水中,把擒拿的任务给了虎子。夯刚潜入水,就听扑通一声,他伸出头,只见虎子两手僵着,脸上挂满了水珠。他笑得前仰后合,把虎子的头摁进了水里……

集合的哨声,一声响似一声。夯别别扭扭地走出了教室,躲到学校一角。这里是农田,荒芜着。田埂上的稻草人顶着破帽子,孤零零地立在风中,窸窸窣窣,念叨着过往。操场上,一排排蔚蓝活跃着,跳动着。夯的目光被蔚蓝色牵着,牵着,他感觉自己站到了蔚蓝里,站在虎子身旁。他这么想着,脚底一股力把他顶得向前一蹿,蹿出一两米——"夯!"不知谁叫了一声。夯知道自己暴露了,呆立不动,身上的每一个毛孔都张开了,每一个毛孔都渗着汗,每一滴汗都发着酸酸的味儿……他紧张着,期盼着,期盼老师喊他归队,递给他一套校服。他太想上电视了,太想妈妈了。妈妈整整两年没回来了。他白天想,夜里想,他感到胸腔一天天在变大,那看不见的心果儿一天天在变小,变得要干瘪了。他知道,自己这么想妈妈,妈妈也是这么想自己。这是妈妈告诉他的。妈妈出门打工的前一天晚上,紧紧抱着他,勒得他喘不过气来,他想挣脱,但又依恋妈妈怀里的气息。妈妈亲他的额,亲他的小手、小脚丫……"妈妈,你到好远好远的地方会想我吗?""会。荠,记住,当你想妈妈的时候,妈妈一定在想你。"荠想,我上了电视,妈妈看到我就不会老是想我了,我也就不会老想妈妈了……他眼巴巴地看着老师,老师扭头看了他一眼,很快又回正了身子。

夕阳笼着茶园,茶还看不见芽,却蒙了一层绿意,薄薄的,薄得能被风吹起。荠走在茶园里的小径上,放慢了脚步,摸摸这棵,看看那棵。他看到了芝麻粒大的一点绿,鼓鼓的,仿佛一眨眼就要冒出头来。他心一颤,想着拍宣传片,想着校服。他走近那点绿,萌生了掐的念头。绿色的小东西仿佛猜到了荠的心思,一下子暗淡了,暗成了灰褐色。荠一仰头,想呐喊,却见整个茶园都暗了下来,夕阳跑过了茶园,跑到山岭上了……他走向山岭,山岭那边是他的家。

一阵凉风吹起他的头发,拂着他的脸,他爬到岭头了。一束刺眼的光向他射来,虎子家楼房顶的琉璃瓦将晚霞反射到他的眼里,他腿一软,坐在了地上……

两年前,也是这个时候,他第一次放学,被妈妈的手牵着,上了岭头,累了,一屁股坐在地上。妈妈也陪着他坐了下来。一缕炊烟飘在夕阳里,袅袅娜娜,在楼房上画着素描。夕阳舔着楼顶的琉璃瓦,四处飞溅,溅到荠的眼里、心里。荠的心立刻活跃起来,要向外跳:"妈妈,我们家什么时候能盖像虎子家一样的楼房呀?"荠转过身,看着妈妈说。"盖楼房?"妈妈的脸阴了,但很快又浮出笑意,"你想住楼房?""嗯。"荠点着头,扑闪着大眼睛。容不得多想,妈妈发誓说:"行!明年开春,妈妈和爸爸一道出去打工,挣钱盖楼房。"

妈妈真的去打工了,一去就是两年……

荠站起身,被晚霞牵着,直牵到门前……奶奶正倚门而立,眺望着:"荠,快。快。"荠知道奶奶已做好了饭。他赌气似的,站住不动,低着头,搓着双手,用力,再用力……奶奶撩起褂襟擦着泪,哽咽着。荠的心被针刺痛了,隐隐的。

奶奶瘦削的身子镶嵌在门框上,稀疏的头发一根根搭在额前,闪着银光。荞内心是疼奶奶的,最见不得奶奶这个样子。自爷爷去世后,奶奶一天比一天老。去年做校服时,爸爸妈妈不在家,荞几次想向奶奶要钱,一看到奶奶伤痛衰老的样子,到嘴边的话就咽了下去。"奶奶——"奶奶没有应声,踉跄地转过身,去了厨房。奶奶知道孙子内心的苦,但她不能告诉儿子儿媳。一个庄子,就自己家住着土打墙的房子了。别的委屈孙子也就算了,住房不能再委屈孙子了。

奶奶把饭端到荞面前,是荞最爱吃的蛋炒饭,金黄黄的饭粒,油绿绿的葱花,甭提有多香了。荞却没有食欲,盯着饭发呆,饭粒在蓬松,在变色,变成蔚蓝色……他一下子扑到奶奶怀里:"奶奶,我明天不上学了——"

荞进入了梦乡,他穿上了校服,向彩排的队伍走,走着,走着,飞了起来,飞向蔚蓝色的天空:"我有校服了,我有校服了——"他手舞足蹈,蹈进了绵软软的云里,一头栽了下来。他醒了。他眼巴巴地望向窗子,窗子正对着天井,月光匍匐在天井里,把墙壁照得冒着冷气,幽幽的,泛着光,光里出现了妈妈,妈妈坐在竹椅上,一手搂着荞,一手握着竹枝,指着墙上的识字图……一时间,妈妈教过的所有图和汉字——在荞的眼前蹦跶,他忘却了校服,甜甜地睡去。

2

早晨,屋里静静的。荞趿拉着鞋到门外找奶奶,奶奶正从庄子的那头一瘸一拐地向自己走来。荞似乎明白了什么,兴奋钻进了脚底板,把他托了起来,他飘飘然,迎上去。奶奶抖开怀里的校服:"荞,有了,虎子的衣服在家呢。"荞接过衣服就往身上套,连同开心一起套上,张开两臂,围着奶奶转起了圈……

放学后的彩排按时进行,荞融入了那一片蔚蓝里。老师来了,目光炯炯。

"荞,出来。"

荞应声出列,边走边说:"老师,我有校服。"

"不是有校服的都能随便插在队伍里。我们的队形是排好了的。"

荞如五雷轰顶,他趔趄着,眼泪溢出了眼眶,他想哀求老师,老师的脸毫无表情。他嗫嚅着,没有发出声来。

3

正式拍摄宣传片是在一个周末。茶园脚下搭起了台子,台前放着盆景:春兰、映山红。茶园四周都插满了彩旗,不知哪来的一些俏女子,头戴草帽,肩挎竹篮,腰系围裙,面朝茶园迈着碎步,却不见挪动位置。

同学们身着蔚蓝色校服,站在舞台中央。弄悄悄换上校服,潜入茶园,猫着腰,一步步移向舞台,期盼能混进蔚蓝色的队伍里,进入摄影机。他知道,自己只要上了电视,无论站在哪,妈妈都能看到。

音乐声起,激动人心,弄看到老师的眼睛在蔚蓝色队伍中扫描,他胆怯地后退两步,盯着老师。老师神色紧张,他也跟着紧张起来。他不停地给自己打气:不要怕,不要离开,等待机会。等着,等着,腰猫酸了,他不自觉地直立起来——"弄!"老师叫住了他,他想趴下,老师却向他招着手,点着头,示意他过去。弄懊丧地走到老师身边。老师一脸微红,像化了妆一样。"弄,你不是想上电视吗?快,快站到队伍里。"老师说着就把弄拉到第一排第三个位置上,弄记得,这是同桌的位置。他抬头、挺胸,等待神圣的时刻,他又默念起那句话,他要记熟,生怕一紧张忘了。

活动进入了尾声,主持人走向第一排中间,话筒对准了中间的那位同学:"小同学,你爱自己的家乡吗?"

小同学忘了准备好的台词,红着脸,看着主持人,上下嘴唇像被胶粘在了一起。

弄不知哪来的胆量,举着手,冲到主持人面前:"阿姨,我说!"

主持人被他的自告奋勇感动了,话筒移向了他——

"妈妈,我不要住楼房,我只想和您在一起,只想到城里读书——"

从弄心底发出的声音,回荡在茶园的上空,惊起山林的鸟,拍着翅膀,飞过弄的头顶,"啾、啾、啾……"仿佛在告诉弄:你说出"妈妈"两个字时,摄像机已关闭了镜头……

SANWEN

散文

致母亲

母亲节,我拿什么送您——我亲爱的母亲。

送您一束滚动着露珠的康乃馨?我猜想,您也许不熟悉这花名。您喜欢菊花、金银花、蒲公英……采下它们的花瓣,换取柴米油盐,一瓣一瓣,缀成儿女衣衫。

送您一张新上映的电影票?我记得,您一生没进过影院。您所有的娱乐,是准备子女的一日三餐。您起早贪黑,看惯了无幕的电影——风霜雨雪、雾霭山岚。

送您一枚足金的戒指?我知道,您从不戴首饰。您头顶草帽,肩挎竹篮,披一身星星和月光,是一年四季的装点。

我没有了答案。

风儿吹动窗棂,声音嚓嚓。新熟的麦香,解我之难。用麦香卷裹黄表纸,再将油菜秸秆点燃,熟悉的味道,母亲会喜欢。

风儿吹动窗棂,声音嚓嚓。鸟儿叼着初放的栀子花,立在屋檐下。恍惚间,我看到了您,满脸皱纹,松弛了下巴。洁白的栀子插在发髻,芬芳淡雅。细说着您曾有的容颜——貌美如花。

风儿吹动窗棂,声音嚓嚓。母亲来了,于我耳旁细话:二丫,咋又胡思乱想?妈不需要啥。你过好了,我含笑九泉下。

风儿吹动窗棂,声音嚓嚓。上苍在说话:母爱伟大,感恩阳光,用丰收报答。

风停了,泪雨哗哗……

退休

明天，我退休了。没有嗟叹恐惧，也不犹豫彷徨。生命诞生时的约定，容不得商量。

明天，我退休了。说不上开心，也不悲泣。有的只是深深的怀念，怀念37年的追梦旅程——1982年9月1日，一个初秋的清晨，风还带着夏的余温，篱笆、田垄上已调出了秋的热情。稀稀拉拉的扁豆紫，得天独厚的南瓜黄，还有那飘忽不定的稻谷香，送18岁的我，到追梦的路上。好奇，兴奋。来不及想征程有无止境，只在乎路上的风景。赤橙黄绿青蓝紫：天真、纯朴、童心。只叫我把心相许，默默守护精灵——闪着人性之光的精灵！一花一世界，一叶一菩提。每一处风景，都是一颗晶莹的水晶，欣赏，呵护，用虔诚和细心；每一处风景，都是上苍赐予的璞玉，打磨，雕琢，用智慧和匠心；每一处风景，都是一个精彩的世界，走进，认识，用忠贞和爱心。呵护中懂得了责任，雕琢时磨炼了耐心。走进风景，陶冶情操，丰富生命。征途漫漫有穷，千春待华发，绵亘无垠。

明天，我退休了。说不上激动，也不失落。有的只是由衷的感恩。感恩命运，给了我37年的舞台。没有布景，没有镁光灯。三尺见方，舞出师者德馨。唱诗词歌赋，舞章回短篇。一招一式，传为人之道；一颦一笑，授生活之业；点额，描眉，画眼，解文字之惑，把母语的博大精深注入孩子的灵魂。没有鲜花，没有掌声。孩子的成长，是最好的功名。37个春秋，学生来了又去，去了又来。

我追梦的心呵,从未改变;37个冬夏,斗转星移,芳华不再。霜染枫叶,雁鸣苍穹,岁月给了我:秋的从容淡定。告别舞台,我想说一声:孩子,你成就了我的梦想,谢谢!

明天,我退休了。说不上幸福,也不遗憾。有的只是庆幸,庆幸当初的选择,让我与书结下了一生的情缘。有字的,无字的。赋予我知识,教会我做人。从不知到知,收获的不仅仅是智慧,还有坚韧不拔的意志;从不会到会,收获的不仅仅是技能,还有满满的憧憬和自信。有字的书,读到无字;无字的书,读到有字。生活在其中充实,生命在其中升华。每一个学生,都是文字、语段、篇章。读懂这本书,不能凭已有的经验,也不能用信息手段。以浓浓的爱意,把心交换。爱与爱交织,生命悄悄变化——由懵懂到明白,由弱小到强大。改变孩子的认知,塑造孩子的灵魂,平凡的工作意义无价。心与心碰撞,每个文字都闪烁着火花——亮光中,走来天真无邪,温暖里,蕴含纯洁善良;心与心碰撞,每个语段都精彩,每个篇章都辉煌——阐释理解、包容,解答真诚、渴望。我的情感世界啊,从此一片汪洋!

哲人说,人生是一本书,悲哀的是书没有看完,夜已降临。我说,从业是一本书。此刻,书读完了,时值午后,光阴正好。

写于2018年10月19日(退休的前一天)

感动在，希望在，未来在
——写给68中第二届感动校园盛典

不是所有的痛苦都因为恐惧和懦弱，不是所有的泪水都缘于忧伤和悲痛。今天，此刻，我，流泪了；我们，流泪了。

我们的泪缘于感动。

我们的泪缘于感动，为我们的爸爸妈妈感动。爸爸妈妈为了我们甘于付出：白天辛辛苦苦上班，晚上默默无闻地陪我们学习。我们进步了，他们开心，鼓励；我们有了挫折，他们细心安慰，不言放弃。小而言之，他们是为了自己的孩子；大而言之，他们是为了68中的发展，为了祖国的未来，为了民族的希望。他们无私地付出，令我们感动！令校园感动！

我们的泪缘于感动，为我们的同学感动！他们志存高远，用顽强坚守信念：为了祖国的未来而读书，为了民族的伟大复兴而读书，为了实现中国梦而读书。他们勤奋好学，用毅力书写着奋斗。攻克难关，不放过一道难题，不固守一种方法，不满足一个答案；挑战自我，把学习中的失利视为继续奋斗的起点，寻找原因，吸取教训，迈出的步子更加坚定；战胜挫折，把成长中的烦恼，看成人生的磨炼，微笑学习，微笑生活；出类拔萃，用智慧描绘多彩人生。课堂上，闪烁智慧的火花；教学质量检测中，获得优异的成绩；中考时，再创辉煌历史。他们是68中的骄子，68中以他们为荣，68中校园为他们而感动！

我们的泪缘于感动，为我们的老师而感动。老师用知识哺育我们：启迪我们智慧,赋予我们自信。我们吮吸知识的乳汁,一天天成长。老师用耐心守望花开:我们每一个孩子都是花蕾,老师用心呵护,静等花开。老师用爱为我们的人生护航:留心我们细微的变化,给予引导;关注我们点滴的进步,送上鼓励;期盼我们成长,呕心沥血,青丝变白发,丹心日月鉴。

老师啊,您心里装着我们,唯独忘记了自己。生病了,受伤了,强忍痛苦,走进教室,传授知识,春风化雨;住院了,拔下针头,回到我们中间,"对不起,耽误了你们的课程",话语中满含愧疚歉意。都说孩子是家庭的一片天,老师,您为了我们却忘记了自己的天空。您常常在孩子熟睡时出门,又在孩子的梦中回家,甚至一天24小时都不能和孩子说上一句话,交流一次眼神。老师,您是人,更是神,您无疆的大爱,感动我们!感动校园!感动天地!

有位名人说得好:选择了一所好的学校,就是选择了一个好的人生。作为68中的学生,我们是幸运的,更是幸福的。我们的背后有坚强的父母后盾,我们的前面有榜样同学的引领,我们的身边有老师无微不至的呵护,我们的人生更有学校先进教育的护航。适性化育:学校以人为本,用新的教育理念,投石问路,探求更多、更好的学习方式,培养我们每一个人成才;深度教学:老师们系统梳理知识,深化教学研究,上下求索,努力使我们学得实,学得深,学得广。

今天,校园为家长、同学、老师感动。明天,校园定会令老师感动,令同学感动,令家长感动,令社会感动!

青春做伴真好
——2017年元旦写给即将毕业的孩子们

又一度梅花开,又一年岁终时,时光荏苒,2017年来了,你们就要远行了,我心潮起伏,情不能已。

如果说,上帝不公,让我生命中有太多的遗憾,那么,你们,就是我最大的安慰,你们是上帝赐予我的精神财富——青春。青春做伴真好!

你,稚气的面容,犹如含露的花蕾,常常给我希望的冲动;你,单纯的眼眸,似秋水澄澈,每每给我圣洁的陶冶;你,旺盛的求知欲,时时给我奋进的鞭策。生活中有你,天天充实;生命中有你,时时年轻。孩子,老师感谢你!

一花一世界,一叶一菩提。漫步在花的世界,徜徉在菩提树下,我吮吸着生命的甘泉,汲取着人生的营养。你,敏而好学,不耻下问,你的青春讲述着天道酬勤的故事;你,不甘落后,勇于挑战,你的青春诠释着责任与担当的内涵;你,博学笃志,切问近思,你的青春描绘着理想的蓝图。

孩子,不知老师教给了你什么,但你教会了老师做事。老师感谢你!

也许,上帝想在你我中间擦出最亮的情感火花,让你的青春期撞上了我的更年期。你青春蓬勃,欢呼雀跃,充满幻想;我老气横秋,不苟言笑,思想保守。理性上,我们水火不容;感情上,我们却合作默契。我知道,你的尊重、理解、包容为我们的旅程开着绿灯。孩子,不知老师教给了你什么,你教会了老师做人。老师,感谢你!

自然有物候，草长莺飞是春，落叶归雁是秋。人类也如此，不同年龄段的人，有着不同的使命。

你们正值青春。青春是什么？形象地说，青春就是躁动。你们一定不喜欢这个"美誉"。其实，躁动是活力、奋进的代名词。

记得34年前，我也是青春的一员，青春绽放在山村小学。山村的夜，很静，很静。月光洒在树叶上，"滴滴"有声。我正伏案苦读，听着窗外有"滋滋"声，像蛇在蠕动。我屏声静气，盯着窗子玻璃，很是恐慌……玻璃上出现了蛇的芯子。我攥紧双拳，站起身……不对，怎不见蛇的头呢？我定睛一看，原来是爬山虎——爬山虎的嫩头。我放心的同时有了惊喜，好奇地盯着它，只见它昂着头，向前伸展，很吃力似的，滋滋的，喘息着……

那一刻，也就在那一刻，我对青春有了形象的理解。青春，是寂静中的躁动，是躁动中的向前，是一个劲地奋进，是扩展了再扩展、占有了再占有的欲望。

孩子，你，正处于这个年龄，你，正是爬山虎的嫩头，每分每秒都在躁动，都应该躁动，伸展，奋进。

常人眼见的是墙壁般的爬山虎，殊不知，那是一片片叶子，一条条枝干，青春躁动的过程，伸展、奋进的结果。爬山虎为小草仰慕，因为它一直向上！

知识的阵地，也像一座墙，我们唯有不停地向前，不停地占有，才能成为最后的赢家。

孩子，2017年的钟声已经敲响，除去节假日，我们在一起的日子仅仅一百来天，弥足珍贵。在这100来天里，我最想做的事就是好好地爱你。

我的爱也许逆耳，也许沉重，也许缺乏人情，也许……但是，孩子，你要相信那才是师爱的真谛！我知道，我的知识贫乏，传授给你的有限，很有限。如果我的爱，能为你迎接中考增添一丝信心，如果我的努力，能对你的人生有点滴积极的影响，那就是我最大的满足。

孩子，请聆听2017年的钟声，那激昂高亢的声音里有老师深深的祝愿：青春即奋斗，青春做伴好圆梦，圆中考梦，圆人生梦！

你好吗

——2018年元旦致2017届九(8)班孩子

花开花谢,时光无情地撕下了2017年日历的最后一页!触景生情,物是人非……孩子,这一刻,我特别想你!你,还好吗?

想你,想起相伴的3年,想起3年中的每一天——我,面对着你,将心真诚地坦白。你——起初,懵懂;后来,会意。分别时,你我的心贴在了一起。

趁着九(8)班孩子不在,我悄悄地走了进去,伸出颤抖的手,抚摸座位。我摸到了,摸到了!因为我的手温在变,是你将温暖传递!41张座位,41张可爱的脸;41张座位,41个独特的精灵。我做一次深呼吸,空气里有你的甜美。第一排到最后一排,最后一排到前一排。我走上了讲台,环视教室,座位上,竟坐着你。老师悄悄地告诉你一个秘密:我三次走错了教室,都走进了这里。嘻嘻嘻……抬起手,擦去眼角的泪水,座位上又不见了你。

远去的孩子,你好吗?我知道你任性,不能改变他人时,学着改变自己;我知道你内向,有了心事,不要闷在心里。老师、同学、家长,都会在你倾诉时聆听;我知道你率真,真诚的话语也会伤到别人,学着话到嘴边留三分。我知道你,知道你们——激情昂扬,聚力向上。攀登的路上,悬崖峭壁。走一步,再走一步。希望越来越近,走过重山复水,便是柳暗花明。我知道你,知道你们,回报老师,想用最好的成绩。

你可知?你的微笑才是老师最大的惊喜!

听,2018年的钟声,听,虔诚温厚的祈祷:祈上苍赐予你美好的明天!赐予你美好的心情!

孩子,你——好——吗——

2017年12月30日

忍冬

雪不知什么时候来的，又悄悄走了。地上长出了"鹅绒"，薄薄的一层。人、鸟、兽所到之处，留下了一幅画——罗特列克笔下的素描。天空是靛蓝加白色调出的明丽。风在画与明丽间跑着，呼着，不知说了些什么，画便跟着风走了，留下湿漉漉的地面、清冷的冬。

我在清冷中走着，走到一家花店。花店里绿色盎然，我的心仿佛受了刺激，隐隐地痛。这痛像蠕动的虫，顺着神经爬，爬到眼眶，眼眶热热的。

葱茏中一盆桃叶红的藤蔓格外惹眼。我走近，托起挂着的标签：忍冬。忍冬，我默念着，世间一切所遇，真的是上帝的安排？此时的冬，那年的冬，于我，岂不是一把刀插在了心上？

仔细端详，屈曲盘旋的藤蔓间张扬着一簇簇小小的红色花苞，棒状，上粗下细，略弯曲，像无数个惊叹号倒立在藤叶间，植物世界里也有喜怒哀乐。

忍冬就是金银花，我见过的金银花，或黄色，或白色，却没见过红色的。

最初走入我记忆的金银花，不是开在藤蔓间，是开在母亲手下。

一个初秋的下午，天下着雨，雨顺着瓦槽向天井滴落，每一滴雨都踩在前一滴雨的脚印上，我看得发呆。母亲也坐在天井边，她穿着一套洗得发白的衣服，衣服上打满了补丁，那补丁就像开在衣服上的花，看不出缝补的针脚。她在绣花，给二奶奶绣的。二奶奶老了，绣不了花、做不了鞋了，又没有子女，母亲便为她绣花、做鞋。母亲绣的花,黄的灿烂,白的耀眼,好好看。

长大了,我读到诗句:"记取南园曲径前,忍冬花下坐凭肩。"诗的画面、意境让我想起母亲绣的金银花,想起母亲绣花时的倾心之态,心里涌起感动:在我心里,母亲是最美的。母亲39岁生我,我记事时,她已做奶奶了,但仍然很美丽。她有一件蓝司林布的褂子,黑司林布的裤子,平时不穿,给村里人迎亲时才穿。母亲穿上这套衣服,格外端庄大气,就像画中的人。电视剧《大宅门》播放后,大家都说母亲像斯琴高娃。我也觉得像,只是母亲比斯琴高娃白皙温暖。我想,母亲如和喜欢的人坐在盛开的忍冬花下,会羞得忍冬三年不开。

真正走近金银花是我六七岁时。

一个细雨绵绵的日子,母亲带我去摘金银花。山上雨雾茫茫,看不清树,看不清藤。母亲带着我向白亮的地方奔。藤蔓、荆棘像和母亲做着游戏,拽着她,拉着她,把她的裤腿拽裂了,手也拉破了,血和着雨水流……我心疼地看着母亲,母亲担心地看着我,解下围裙,扎在我的头上,她是怕我的脸被荆棘划破。

奔到白亮处,才知道那是一树花:开在藤蔓绿叶间的花。藤是泥黄色的,三四条缠在一起,像根辫子。葱翠的叶子间是满眼的花。盛开的,花瓣似雀舌,向外翻卷,花瓣上的小雨滴,欲落未落,颤动着。花蕊好细好细,顶着橙黄色的小颗粒,让我想起母亲胸前的那颗小红痣。没开的,火柴棒一般,两根一簇,挤挤挨挨。我呆呆地看着花,看着母亲。母亲双手微攥,拇指掐着食指在藤叶间穿插,像采茶……一会儿工夫,藤上只剩下一些"火柴棒"了。我不解,问道:"妈妈,为什么只摘花不摘花苞?"母亲看看兜里的花,又看看藤上的花苞,哀叹道:"唉,好歹让它开放一次。"长大了,我才知道,妈妈爱花,惜花。一个惜花的人,亲手采花,是多么的无奈啊。采回花,母亲顾不得换下湿衣服,就支火,烧炭,烘花。母亲说,摘一季金银花能保我一学期的笔和本子。母亲的话把我的泪水讲掉下来了,难忘的一幕又浮现在眼前——

上学的第一天,我背着母亲亲手做的书包去上学,被父亲拦在了门前。他拽下我的书包,掼在地上:"×丫头念什么书?"父亲瞪圆双眼,吓得我直打哆嗦,"念再多的书,还不是人家的人!"母亲闻声从厨房赶来了:"人家的人?没有我这个人家的人,哪来这个家?"母亲边捡书包边说,"丫头将来要嫁人,就更要念书,念书识字,才能为自己做主,才不会和我一样过睁眼瞎的日子。你怕她吃闲饭,我省给她吃;她念书不用你掏钱,我来挣……"

妈妈就是这样靠一双手摘金银花、采野菊花供我上学。

我工作了,第一次拿到30元工资,全交给了母亲:"妈,我们有钱了,您不要再满山遍野采金银花了,好好过幸福日子吧。"母亲接过钱,脸上掠过一丝猜不透的神情:"多大了,还这么傻乎乎的。有了钱,就能过幸福日子?"我不解。

一次,我生病了,到医院买药。药师正在抓中药,面前放了四五张处方,一些中药的名字很有趣:卜芥、川芎、忍冬……青黛、赤芍、忍冬……咦,怎么每张处方上都有"忍冬"?我很好奇,便问药师。药师说,忍冬就是金银花,性味甘、寒,入心、肺、胃……调节人体内的失衡。

看着药屉里淡黄的金银花,我又想起了母亲,想起我的家。

我家十几口人一起生活,里里外外都靠母亲料理。俗话说,穷吵富安,因为生活拮据,家里难免争争吵吵,尤其是我的五个嫂子之间总是疙疙瘩瘩,没少让母亲操心。

记得一年年三十,雪下得很大,装满了天井。母亲早早起来,她要为辛苦一年的家人做一顿肉团挂面。肉团挂面做好了,一家人陆续起床了,就是不见几个嫂子出房门。母亲在锅前转来转去,她知道,三嫂和四嫂之间又闹别扭了。怎么办?大年三十的,咋讲,也要图个和气。母亲撩起围裙擦了擦泪湿的眼睛,依次走进三嫂、四嫂的房门……母亲就是家中的金银花,调和着冷暖,调和着生活,调和着光阴。

母亲也许懂金银花,暮年,栽起了金银花。

深冬的一天,我坐车到家已是傍晚,母亲却不在家。我屋前屋后找,在老屋西边的山坡上找到了母亲。她正在挖坑,旁边放着带根的金银花藤。我埋怨道:"妈,这山坡土瘦,又缺水,怎么能栽活?即使活了,又能采摘多少花呢?"母亲叹口气说:"唉,我老了,就不能上山摘金银花了,只能到山坡来看看。"说着转过身,指指老屋说,"你看,这里正对着后门,我到了走不动路的时候,也能靠着门看……"我心中一阵酸楚。

母亲仿佛先知先觉,几年后,她真的老了。心血管病一到冬天就犯,山里医疗条件差,我很是担心。我劝她到城里和我一起住,她总是说:"没事的,忍过冬天就好了。"我很不理解,甚至责怪她思想封建,把女儿家看成了外人家。

后来,我有了孩子,经历了生活的磨难,再想想母亲,也许,她并不封建,而是常年的艰难生活造就了她忍的品格。母亲养育9个儿女,不就是一年年地熬,一年年地忍,熬过来,忍过来的吗?

20世纪50年代末,吃大食堂。父亲不太顾家,常常一个人在食堂吃饱了,把剩下的饭票往桌上一扔就不管了。母亲面对6个孩子、一个双目失明的婆婆,好生为难,总是到食堂把饭或粥打来,再用水稀释……就这样,也难以养活全家。一次,五哥饿得晕过去了,两天两夜没醒,父亲认为五哥死了,用席子一卷……母亲不舍得放弃,趁夜间偷偷钻进公家的麦地,不料踩到了农人下的野猪套子,铁钩深深地钩进母亲的腿中,她咬着牙,拔掉铁钩,捋下灌浆的麦穗,碾出浆汁,救活了五哥……

2000年的冬天,太冷,太冷。母亲没有忍过,12月25日、农历冬月三十,走了。

那天,天刚亮,卧床半个多月的母亲坐了起来。她靠着床头,神情安详:"二丫,今天天晴吧,你拿梳子给我梳梳头。"我一边答应,一边拿来梳子给母亲梳头。母亲仿佛很精神,说了很多话:"世上没有第一,凡事不要太要强,你也是快40的人了,脾气要改一改,与人共事能忍就忍,做女人的,哪个不是一辈子忍过来的?……"头梳好了,母亲拿过镜子照了照,脸上显出从未有过的神情:平静,安详,又略带几分满足与自怜。我感到母亲是那么美,那么可爱,情不自禁地搂着她的脖子,吻着她的脸……谁知,这竟成了我对母亲的最后一吻。

今天,也是12月25日、冬月三十。这个日子19年才轮回一次,是母亲真正的忌日。我本想买一束白菊去看她,既然母亲一生喜欢忍冬,就买这盆忍冬吧。也许,天堂里的忍冬就是红色的。忍冬,感知了我的心思,让我嗅到了淡淡的清香。

  我捧起忍冬,走进风里……

2019 年 12 月 25 日

老屋

昨晚,我做了一个梦,梦见一片竹海。风是弄潮儿,在竹海中出没、翻卷,竹海便潮起潮落,落下的一瞬,露出了灰瓦白墙的一角——老屋。

老屋坐西朝东,西面是起伏的竹海,东面是连绵的山峦。早晨,太阳从山的那边爬上山顶,用温暖的目光看着老屋。倘若雨后天晴,山中水汽袅袅,似云似雾。树与云与雾糅在了一起,美轮美奂。东西之间是一条由南往北流淌的河,站在家门口,看不到河的全貌,只能听到河水流淌的哗哗声。

老屋建于20世纪70年代末。那时,山里人,家有余款的屈指可数,我家却有上千元的存款。父亲宁肯看着家人受冻挨饿,也要存钱,且只存,不取。别人都觉得父亲古怪。母亲明白,父亲要盖一所向往已久的房子——四合院。

1979年初,父亲取回了存款,开始盖新屋。地基垒得很高,上三步台阶才能跨过门槛。台阶是用整块石头凿成的,宽5.16厘米,长21.6厘米,厚2.16厘米。这三步台阶,大约是父亲取其"顺顺利利"之意吧,可见父亲的用心。门墩也是用整块石头凿成的,圆柱体,像"斗",立在门的两旁,取意"日进千斗"吧。

进门便是天井,四周用整块石条围成,内墁鹅卵石。天井南北是通往正屋的走廊。正屋比走廊大约高出两步台阶。站在走廊能看到四角的天空。遇上大雨,屋顶上的水从四角向下流,白花花的,像龙头伸进天井。天井的水渐渐上涨,也有漫过走廊的时候,雨停,水退,走廊上便有薄薄的一层泥,泥上有零星的枯叶,粘贴画一般。正屋南北各有两间厢房,三哥住北头,四哥住南头。

新屋,建成了。

父亲的心便留在了新屋,常常独自一人来到新屋,双手背在佝偻的背后,走上台阶,跨过门槛,在屋子里转悠一圈,然后依着门,坐在台阶上,掏出一支烟,点着,看着东面的群山,若有所思⋯⋯

路过的人总要夸房子盖得讲究,父亲却重复着一句话:"唉,不是依山向,就往西再进两丈,盖成老粮站的样子,那才叫讲究!"

老粮站是标准的四合院建筑。母亲经常说起,它原是一户储姓地主家的宅院。父亲6岁时,爷爷去世了,人生重创改变了父亲的命运。父亲和奶奶乞讨两年,便在储家当了童工,一当就是6年,直到赎回田地。

土改时,储家的宅院成了公家粮站。说是粮站,却没有粮食存放,里面空空的。也许是6年结下了情感,也许是别的,父亲一有空,就到空房子里转悠,直到四合院里存放了粮食,上了锁。母亲说,四合院是父亲心中的梦。

父亲的梦没有实现,却遭遇了人生第二次重创。

四哥进新屋不到一年就染病在身,两年后,去了。四嫂相思成疾,也随之去了。三哥搬出了新屋。

新屋,空了。

风水先生说新屋的门向不好,要拆。父亲母亲不肯,带着四哥四嫂8岁的女儿住进了新屋。

母亲在屋前屋后种上菜,栽上花,在家下面的荒地上种上茶,在屋西角圈起了鸡笼、鸭笼,养起了鸡和鸭。我劝母亲养养鸡就算了,鸡安分,少操心。母亲说:"鸭子通人性,出门进门,嘎嘎地唱歌,热闹。"

母亲一早起来,第一件事就是打开鸡笼、鸭笼。鸡在场地上起舞,打鸣;鸭子蹒跚踱步,"嘎嘎"地唱歌。新屋在鸡鸭的和鸣声中有了生气。

父亲一闲下来,就背着手,绕着新屋转悠。路过的人都说父亲中年丧子,疯了,父亲不予理睬,仍自个转悠。转悠,转悠,屋后山上的树砍了,种上了竹子;北面的山嘴挖平了,栽上了桃、枣、柿等果木。

新屋在父亲母亲的手中,慢慢走出凄凉,走进温馨。

我是在新屋出嫁的。至今还记得,我穿上嫁衣,由大哥背着,出厢房,绕正屋,在鞭炮声中出了大门,那一刻,我第一次有了对新屋的依恋。

后来,我有了孩子,一到暑假,就带着孩子回新屋避暑。泥墙的房子冬暖夏凉,再加上日照时间短,尽管是六月天,晚上睡觉也得盖被子。孩子特别喜欢新屋,白天,捉虫子,捕蜻蜓;晚上,数星星,追萤火虫。新屋承载了孩子童年的许多欢乐。

一晃,新屋变成了老屋,父亲母亲走进了古稀之年。

2000年12月25日凌晨,母亲握着小哥的手,目光拂过四周的墙壁,流下了最后一滴泪……

小哥明白母亲的心思,搬进了老屋。

近年,美丽乡村建设兴起。政府补贴村民,拆土墙小瓦的房子,到指定的地点盖楼房。这一政策意味着竹林深处的老屋就要没了。

小哥坐不住了,像当年的父亲一样天天围着老屋转,转不出主意,便转到政府。转了几十趟,文化局的人来了,围着老屋拍照,还给94岁的老父亲拍了照……

老屋,留下来了。父亲却走了。

节假日,我依旧带着孩子回老屋。走进老屋,我能听到母亲叫我的乳名,能看到父亲为我做棒槌的身影……我从心里感激小哥。

村里的人却说小哥傻,放着补贴款不拿,放着楼房不住,偏守着淘汰的土房子。小哥不语,只是有事无事就在老屋周围捯饬,南边沿小路两边栽上了映山红、山樱桃,北边山坡栽满了玉竹、香椿,屋檐下砌上了花坛,栽上了月季、虞美人、菊,沿场地东边植上四季青、紫藤、桂花,屋内天井的四周摆上盆景,以兰花居多,辅以其他。

老屋,一年四季生机盎然。

春天,花开枝头,蜂蝶围绕,茶园的茶嫩头攒动,春意融融。

夏天,绿色葱茏,枝头青涩的果子与园里碧绿的蔬菜交相辉映;绿竹从天井投下倩影,在走廊上写着诗,光阴将诗分行,长短错落,留给老屋品味。

秋天,宝石似的枣、灯笼般的柿压弯树枝,鸟儿落满树,啄着果实,欢喜地唱个不停。

冬天,繁华落尽,下雪了,老屋静卧在雪中,水墨画一般。屋后的竹子驮着厚厚的雪,匍匐在屋脊上。雪使老屋生出一份静谧、一份春意。因泥土房子保暖,天井通风好、湿气大,盆里的兰草出落得格外靓丽,绿叶中有肉红的"剑"冒出,叫人窥到了春的娇羞……

老屋,成了仙境。

仙境般的老屋迎来了四方观光的游客,他们来此休憩、拍照……为了方便游客,小哥小嫂便开起了农家乐。小嫂烧菜的手艺好,卤菜的手艺更好,方圆十几里的乡邻都喜欢吃她做的卤菜。游客为了品尝多种美食,常常拼餐,八九人、两三家一桌。

春天,品尝香椿炒蛋、烟熏猪头肉、新韭炒香菜、蒿子粑粑……口福大饱。

夏天,现卤的猪舌、猪耳、猪肚,青椒炒河鱼,再从菜园里采回时令蔬菜,凉拌,爆炒,一桌菜活色生香。

冬天,游客赏雪归来,拍拍身上的雪,围桌而坐,桌子下燃烧的木炭便送上热烘烘的温情。游客一边喝着主人新沏的茶,一边欣赏着手机里的美景,一任温馨把冬天撑得老远,老远……

一炷香的工夫,菜上桌了,四五个热锅子,十来个盘子,把桌面摆得严严实实。老鸡汤的鲜、红烧牛肉的辣、干菜烧土猪肉的香,醉了游客,醉了冬。

游客高兴,小哥更高兴。每次送走客人,他都站在场地上,双手拢在胸前,看着老屋,看着老屋前后的竹树花草,一种满足感顺着皱纹爬上脸颊,爬上眼角……

每每这时,嫂子都要埋怨小哥:"别人开农家乐,数钱开心,你没赚到钱,赚一忙,开什么心?"

也许,我懂小哥,他的满足缘于母亲临走前的一滴泪,缘于父亲一生的付出与守候,缘于……

竹海深处——父亲的老屋,我的根。魂牵梦萦……

像与不像

周末,回家看望 93 岁高龄的老爸。令我惊讶的是,我看到的老人,竟然不像老爸。五一回的家,也就隔了一百来天,我竟认不出他了。

去年,他来我家,我常陪他在小区里转悠。看到老爸的人都说他气色好,身子骨硬朗,看不出已经 92 岁。是的,在我的记忆里,老爸一直红光满面,两眼炯炯有神,也许是太直率了,喜怒哀乐总是挂在脸上。

小时候,我一直觉得他不会笑,看到我总是瞪着眼,铁青着脸。近年来,老爸变得慈祥了,会笑了,常常笑意盈盈。

可是,这一次,我看到的是一个身体羸弱、面色憔悴、目光呆滞的老人。他体态很瘦,本来合体的衣衫,穿着像裙;体质也差了,走路要扶墙摸壁;精神很颓唐,总是长时间低着头,盯着地面,不言语。眼前的老人,真的不像老爸,不像老爸!意念中的否认伴着泪水簌簌而下……

那一年,母亲 77 岁。一向健康的她,突然病倒,卧床不起。哥哥嫂嫂着手为母亲准备后事。我不以为然。在我心中,母亲是最坚强的,生命力也应该是最顽强的,不会轻易放弃。可是,一周后,顽强的生命停止了呼吸……

那一年,大哥 56 岁。意气风发的他,突然中风,医生说他可能会成为植物人。我不相信。在我心中,大哥是那样多才多艺,那样热爱生活,怎么会长睡不醒呢?可是,他真的一直没有醒,也永远不会醒了。为什么现实总如此残忍地对待我?

　　痛苦中,我想起了一位比我年长的大姐那张陌生而又熟悉的脸。一天晨练,我倚在湖栏杆边做运动。她隔着一段距离,静静地看着我。我运动了一个钟头,她竟然看了一个钟头。我知道自己的动作不具欣赏价值,她为何不惜眼力呢?我停止运动,向她走去……她手足无措地说:"对不起,其实,没有别的,只是因为你太像我妈妈了。"

　　如果说,那天那时,我还不能理解一个陌生姐姐的话语;那么,此时此刻,我与她感同身受了。我觉得老爸不像老爸,我想找回从前的老爸,哪怕是那个瞪着眼、铁青着脸的老爸。那个姐姐明明知道我不是她妈妈,却长时间地看着我,她是想在我身上安放思念,或许,想从我身上找回自己意念中的妈妈。

　　"像"与"不像"意思相反,但在情感的词典里是同义的——流淌在血液中的情。

　　许多年后,我成了我的"老爸"。某一天,我的儿子看到我,他也会撕心裂肺地痛着,难以置信地摇头:"不是!不是!"许多年后,我离开了人间,儿子或许也会长时间地注视着一位比他还年轻的女人,只是因为她"太像!""太像!"。

　　我不敢想下去。生命太脆弱,经不起时光打磨;亲情太脆弱,经不起容颜改变。

思念有声

深秋的午后,下着小雨,我的心也被雨织着,湿透了。我走近书橱,想找本书,给心晒晒太阳,一伸手,触到两本毛边的书——父亲读过的书。我想起父亲,想起父亲读书时的样子,耳畔便响起"喔喔咿咿"声。

2016年的冬天,我把九十有三的父亲接到了身边,了却了我多年来的愿望。只是我要上班,不能在家陪父亲。上班前,我为父亲打开电视,泡好茶,叮嘱他不要急,一下班,我就回来。可是,只上了一节课,我就心神不定,想着父亲是不是摔了跤,便焦急地往家赶——家里,电视开着,却不见父亲,我心中一惊,三步并作两步走向书房,推开门,阳光扑了个满怀,父亲坐在窗前的光里,背朝着门,身体向前微倾,嘴里"喔喔咿咿"……父亲在读书,他左手拿着书,右手微攥,伸着食指,在指读。那认真的劲儿,酷似在老师监督下读书的小学生。他一行一行地指读,食指好不容易移到了书的右下角,却又慢慢地移回书中间,再读。我的心湿润了,不忍心打扰他,悄悄退出书房……

吃饭时间到了,我走进书房:"爸,吃饭了。"父亲震惊地回过头,一脸愧疚,但并不急于起身,小心地将书折页,合上,一手摁着,一手用力地从书的下角抹到上角,抹来抹去,仿佛要抹平心中的某种不适,却又无能为力。我的心被慢慢掀开的记忆戳疼了,微微的。

在我幼小的记忆中,父亲是一个粗人,脾气暴躁,不曾读书,也不喜欢别人读书,见我读书就没好脸色。一次,我把饭焖好了,便坐到灶后读书。正读得入神,啪的一声,一只碗碎在我的脚前。我一抬头,父亲怒目圆瞪:"看书,看书,你今天就吃书去。"说着,上前一步,夺过我手中的书,撕了……

委屈的泪水顺着我的脸颊往下流,一滴,一滴,落在衣角上。衣角湿了,我的心也湿了。潮湿里有对书的不舍,有对父亲的怨恨……不过,这种怨恨早被岁月模糊了。不曾想到耄耋之年的父亲也会拿起书本。

父亲爱上书,爱上阅读,是在母亲走后。约莫是2002年吧,一天,小哥来电话说父亲病了,我立马回家。一到家,看到父亲坐在天井旁的竹椅上,手里拿着本书,正"喔喔咿咿"地念。我很惊讶,从不读书的父亲怎么读起书来了?小哥看出了我的不解,把我拉到一旁,叹息道:"唉,老爸不是原来的老爸了,自妈妈走后,整天不开笑脸,也很少说话,像掉了魂似的。除了在两间厢房(父亲的卧室、母亲生前的卧室)来回转悠,就待在房里'喔喔咿咿',哪怕一张纸片,他都要把上面的字读完……"

小哥的话针一般地刺着我的心,母亲病重时的情景又浮现在我的脑海:母亲躺在床上,面色如灰,她知道自己的时日不多了,交代了我很多事。最后母亲抓住我的手,目光移向床头的闹钟:"二丫,我走时,把这个闹钟给我带着。多少年了,它一直陪着我。你出嫁了,接着,你侄女也出嫁了,我整宿整宿睡不着,就起来看着它,看它一圈一圈地转,一圈一圈地转,总能把天亮转来……"

父亲手上的书,不就是母亲眼里的闹钟吗?母亲走了两年多,父亲的心空了,日子就长了。他用阅读来填充空了的心,缩短长了的日子。

我含泪走近父亲:"爸,我回来看您了。"父亲微微抬起头,点了点,又读起书。这时,我看到他浮肿的脸、腿和脚,心疼地夺下他手中的书:"爸,您都病成这样了,怎么还读书?"他摘下眼镜,看着我手里的书,眼里满是委屈和哀伤,抿抿嘴,像要说什么,却没有发出声音,微微地低下头,一声不吭,像个无助的孩子。我伸手拉他回房休息。他甩开我的手,慢慢站起身,挪动脚步,挪到饭桌前,停下,扶着桌拐,拿起桌上的药物说明书,凑到眼前:"喔喔咿咿……"这情景狠狠地剜着我的心,难忘的一幕在泪光中清晰——

那是入秋后的一个下午,雨,像个纺织娘,在天地间纺织,把天与地织在了一起。屋内黑漆漆的,母亲坐在天井旁,就着微弱的光做针线。父亲依桌而坐,面对着母亲,摸出烟袋,在桌拐上磕了磕,从袋子里撮一小撮烟叶,捻了捻,揉进烟锅,划着火柴,点上,很享受地"吧吧"两下,便将烟袋移开嘴唇,絮叨起来,前三百年后五百年地絮叨……絮着,絮着,父亲声音颤抖起来,母亲放下针线,撩起褂襟抹着眼泪……不谙世事的我,以为父亲说了不该说的话,伤了母亲的心,便对父亲翻着白眼。父亲停一停,接着絮叨,声音渐渐洪亮起来。母亲的脸色也变得温暖,手里的针线飞走着……我也跟着快活起来,从线团上抽出线,在小手上绕来绕去……

一天,一年,也许是一辈子,父亲习惯了絮叨,母亲习惯了倾听……现在,母亲走了,父亲仍絮叨——"喔喔咿咿"。

我不再劝他休息,把书还给他,听他"喔喔咿咿"。

父亲的状态牵挂着我的心,我隔三岔五地回家看望父亲,但并不能排遣他的孤独。

深冬的一个周末,我又回家了。一到家就走进父亲的房间,父亲不在。桌上的书翻开着,父亲一定没走远。我瞟一眼书,是我写给母亲的文字(《妈妈,你听见了吗?》)。父亲读我的书,我有点小得意,便情不自禁地读起来。一篇读完,父亲仍没回房,我似乎明白了,拔腿往后山跑。跑上山冈,我惊呆了:父亲披一身夕阳,坐着,面朝母亲坟头。一旁燃着草纸,火光融在晚霞里……温暖而又凄凉。我轻轻地走到父亲背后,父亲正"喔喔咿咿"……酸楚一下子堵塞了我的喉咙,我说不出话来,一任泪水流下,流下……一阵风起,纸灰像失血的蝴蝶,一只一只,落在母亲的坟头。渐渐地,纸灰的颜色由灰白变得深黑,像泪的洇痕,一点点,一圈圈……父亲的声音也变得微弱,脊背震颤着。透过父亲震颤的脊背,我看到了一颗被泪水洇湿的、空荡荡的心。我打了个寒噤,强忍着悲伤,俯身握住父亲的手。父亲的手滚热滚热的,他一定是和母亲絮叨到了激动处,热血奔涌。

夕阳被暮色吞没了,凉气从脚下往上蹿。我帮父亲整了整衣袖,拉着他回家。他一步一回头,眼里有掩饰不住的缠绵……

晚上,嫂子做了一桌子菜,我们兄妹几个围着父亲,陪父亲喝酒。父亲喝了一小杯酒,吃了半碗饭,就下了桌子,慢腾腾地走进房间,"喔喔咿咿"……父亲脆弱了,脆弱得经不起热闹。他的精神世界里只有"喔喔咿咿",抑或他只能在"喔喔咿咿"中安放孤独的心。

为了父亲读书方便,我特意在书房为他铺了床。他看到一书橱的书,很开心,整天"喔喔咿咿",读书成了他心灵的追念。

至今忘不了那个傍晚,橘红的光笼照着阳台,父亲沐浴在橘红的光里,他拿着书的手颤抖着,书上的文字在夕阳里跳动:"十年生死两茫茫,不思量,自难忘。千里孤坟,无处话凄凉……"父亲被书中内容触动了,深情地眺望着远方,一双浑浊的眼睛充满忧郁、悲伤,但又有一种不可理解的美和力量。我顺着他的目光看去,夕阳挂在西天,将云彩染成柴胡花开的模样,烂漫着,明艳着……我两手合拢,放在胸前,默默祈祷,祈祷晚霞把父亲的思念传送,传送到老家的后山……

2018年2月4日10时40分,父亲追随母亲去了。最后的时光,父亲不能言语,所有的心思都攥在手里,噙在眼中。他躁动不安,两手在被子上、枕头下不停地抓,不停地抓……一把一把,抓着我的心。我慢慢掀开被子,怔住了:床上东一张,西一张,都是有字的纸片……我一张一张捡起、叠好,放进父亲的手里。父亲紧紧地攥着,攥着。他要攥着这些,到那边对母亲絮叨吗?我不知道。父亲安静下来了,目光抚摸着房里每一个人的脸,最后抚摸着桌子,抚摸着桌上放着的一本本书——父亲的脸上浮现一丝灵光,眼,慢慢合上了……

我小心翼翼地拿起两本毛边的书,翻着,"喔喔咿咿"的声音不绝于耳……

最后的陪伴

父亲离开我们已整整19天了。在这19天里,我总是时时想起他,想起他痛苦的叫喊,想起他无助的眼神,想起他那双渐渐凉了的手……

父亲于2018年2月4日辞世,享年95岁。对于父亲,我一直是敬畏的。从刚刚记事,到知天命之年,我从不敢和父亲说一句重话,也很少和父亲谈心,甚至没有摸过父亲的手……可是,最终,他的手竟在我的手中渐渐凉去……

2月1日9点11分,我接到小哥的电话,说父亲早晨摔了一跤,状况不好,还说父亲要我回去见他最后一面。我心里涌起的感情很复杂,激动、担忧、悲伤一起涌上心头。父亲觉得自己状况不好时,第一个想到我,可见父亲是爱我的。一辈子的疑虑一下子有了答案,我激动;天气奇寒,对于95岁高龄的老人来说,本来就是一道坎,又摔了跤,生死未卜,我无法不悲伤。

结束通话,我就奔向商场和药店,为父亲买衣买药。我的意念中,父亲是坚强的,包括他的生命。记得母亲77岁时走了,那年,父亲也77岁,我伤心的同时又担心父亲。父亲平静地对我说:"你不要担心我,我能活到90岁。"77与90,毕竟相差十几年,我不敢轻信。母亲走后,父亲就走进了我的心里,我时时惦念,常常回家,担心他会和母亲一样撒手而去。但,日复一日,年复一年,父亲健康地度过了90个春秋。就在他90岁生日时,他又悄悄地告诉我:"丫头,你不要老是往家跑,老想着我,我还有得活呢,我能活到100岁。"我坚信父亲的话,更不愿怀疑。

　　下午5点整,我赶到了家。父亲坐在板凳上。"爸爸,我回来了。"他已神志不清,反复念叨:"花掉许多钱,干四(音,意为'干什么',下同)呀?"我强忍泪水,又喊了一声:"爸。"他用浑浊的双眼看了看我,又说:"花掉许多钱,干四呀?"我已泣不成声,全身抖了起来。爱人急忙拿出药对父亲说:"爸,这是特效药,吸了就会缓解胸闷。"爱人说着便把药瓶对准嘴示意给父亲看。父亲伸手接过药瓶对准了自己的嘴……可见,他尽管神志不清,但仍没有放弃生的欲望。

　　我们强制性地让父亲躺上床,他一个劲叫着要起来。直到此时,我也不明白,父亲当时心里是怎样想的,他是否知道自己躺下了就再也起不来了呢?想到这,我很后悔,后悔不该硬让父亲躺下。父亲躺上床,我打了热水给父亲洗脸洗手。这是我第一次为父亲洗脸洗手。父亲要强,95岁了,却从不示弱。有时,我看他走路吃力,伸手想扶他一把,总会被他拒绝。这一次,他没有拒绝。我用温热的毛巾,轻轻地擦拭他的额、他的脸、他的手……他静静地看着我,好像很享受,又好像很陌生。父亲的样子让我感到心酸,愧疚,55年了,我还是第一次为他做这些。我的泪滴在毛巾上,滴在脸盆里,滴在最柔软的地方。

　　晚上,我们一直守候在父亲床边,可他渐渐进入了弥留状态,双手乱抓,话语不清……

　　第二天早晨,我打来热水为他洗脸,他竟仇恨地看着我,双手抓住我不放。我知道父亲已不认识我了,看他那恐慌的样子,仿佛我要谋害他似的。我只好放下了毛巾,端来熬好的米汤,用勺子喂父亲。我喂一勺,他吞一勺;我喂一勺,他吞一勺。我用了好长时间才喂他喝下一纸杯米汤。

　　父亲已24小时没闭眼了,时而痛苦叫喊,时而用浑浊的双眼打量着身边的每一个人、房中的每一件物。我知道,他舍不得他的儿女,舍不得和他朝夕相伴的一书、一桌、一椅、一凳。当我不在他的身边,当哥哥嫂子做农活不在家,他是用阅读文字、抚摸桌椅来消磨时光的。他的内心该有多么孤独呢?想到这,我深深地自责,平时,总认为有放不下的工作、做不完的事情而没有腾出时间多陪陪父亲,现在,想弥补,却来不及了。

父亲痛苦叫喊的时候,我就用手轻轻拍着他,像拍着一个闹睡的孩子。我的动作是去不了疼痛的,可父亲竟在我的轻拍下安静下来了。试想,父亲面临死亡是何等不安,何等恐惧啊!我又轻抚他的头、他的脸,他在我的抚摸中安静了,满足了。我的心好痛,好痛!我伟岸要强的父亲,此时竟成了一个无助的孩子!

更叫人心痛的是,我手一停,他就抓起我的手,慢慢地,慢慢地,放到自己的额上,面对父亲的恐惧和不安,我却无能为力,无——能——为——力!

我俯下身体,双手握住他的右手。不知他是不是感知了我的心跳,他激动起来,脉搏跳动有短暂的加快。他的目光又一次盯着我。他是通过我的心跳认出了我是他的女儿吗?我也用泪眼注视着他。他的目光渐渐暗淡,暗淡;他的脉搏渐渐弱了,弱了;他的手渐渐凉了,凉了……

父亲,走了。

2018 年 2 月 23 日

想家

今天起得迟了点,并非是睡过了,早在床上醒着。心神恍惚,慢慢走近窗。帘掀起,窗推开。拂面的空气带着仲秋的清凉,还有淡淡的桂花香。桂花香里中秋至,菊黄霜中月明圆。

中秋节,大多秋雨蒙蒙。像今天这般朗润,实属难得。然而,我的心却有说不出的酸楚。中秋的"秋"真个落在我的心上,成了挥之不去的愁。一种失去定力、失去方向、没有归宿的愁。今夜月明人尽望,万般愁思落我家。

早在18年前,母亲就去了另一个世界。今年立春日,95岁的父亲也去了,55岁的我成了没有爹,没有娘的孩子。父母在的日子,是安好;父母在的地方,是家。过年,过节,即回家。今年中秋,我回哪?

"家是情感的港湾""有爱的地方才有家"……这里的家不是有父母的那个家。有父母的家,是心栖息的地方,不止情感,不止温暖,还有实实在在的依靠、安全。

自从结了婚,我便有了家,四壁萧然的、避风挡雨的、三室二厅的。这些家,只是栖身的场所。身居家里,心却游离在外:父母、孩子、生计……坐在沙发上,躺在席梦思上,身体舒适了,心仍累着。

过年,过节,带着孩子回家,回到老人身边,承欢老人膝下,至亲至爱,触手可及。那种放松、安心、满足,只有家能给予。

人是很古怪的,有些东西非在回忆中不能感受。从前,父母都健在,自己也年轻,偏偏怕过年、过节,逢年过节总是懊糟。懊糟路途遥远,耗时太多;懊糟手中钱少,不能给父母买最好的;懊糟自己在家人面前没有面子;懊糟……

2000年冬,母亲走了,一瞬间,我感到家没了。我哭喊着:"妈妈,您就这么走了,我以后没有家回了!"这句话伤了哥哥嫂嫂的心,我却是不假思索说出的。可见,在我的潜意识中,家是母亲,是母爱。

母亲走后,我与一向感情不和的父亲亲近了许多。逢年过节,我一定要回家,哪怕风雨交加,哪怕大雪封途。因为我知道,家中的父亲渴望我回去。家是尽孝,家是尽责。

此时,面对良辰美景,我不知何去何从,心泫然,泪暗流……母亲没了,父亲没了,尽孝的责任和权利没了,那个家也没了。

很多人说起工作的地方,都称为第二故乡,第二个家。听来,总觉得矫情。此刻,此地,此身,我倒是备感真切。我18岁走上讲台。走进学校就像走进另一个家,同事、学生仿佛前生有约,一见如故。那种开心、兴奋便是有了家的感觉。

我生活在大家庭里,五个哥哥、五个嫂子,再加上侄儿侄女,十几人生活在一起。妈妈操持这个家实在不容易,尤其是协调与儿媳间的关系。妈妈也常向我诉说苦衷。我心疼妈妈,却无能为力。无奈、痛苦折磨着我。这时,我的选择是到学校去,一到学校,打开书,翻开作业,心便平静下来,一切不快都烟消云散。这就是家,心栖息的地方。

后来,结婚生子,夫妻之间难免磕磕碰碰,甚至泪眼汪汪地走出家门……奇怪的是,一站上讲台,心便舒坦了。讲台,教师的心栖息的地方。

如今,我的名字虽然还在合肥68中学教师花名册上,但我不再拥有讲台,不再拥有学生,因为我10月底就要退休了。在失去责任,失去权利的同时,我也失去了37年一直依恋的家。37年前的憧憬,37年来的坚守,37年的爱与付出,终究以"无家的孩子"作结。

家,一个易写、易记的字,有几人真正认得。

中秋节,我想家……

我,想家。

立 碑

今天是己亥年2月14日,一个特别的日子,为父亲安葬暨立碑。

我是昨晚9:00赶到家的,洗漱就寝已是11:00。我躺在床上翻来覆去,好不容易进入梦乡。

忽然,轰隆一声巨雷把我惊醒。我的第一反应是推醒身旁的他,让他翻个身。自小,母亲就告诫我:第一次听到春雷,若躺在床上,一定要翻个身。春雷翻个身,无病无灾星。这也算是母训吧。推醒他,一看手机,正好是午夜零点。睡前还是满天星斗,怎么一个时辰不到,天就变脸了呢?想到父亲今天安葬立碑,我不禁焦虑起来。

老天像是有着满腹的委屈,倾诉起来没完没了。雨由远而近:呜呜的,哗哗的,直至哗啦哗啦泼在屋顶,又沿着瓦槽潺潺地流下,吧嗒吧嗒落在廊檐,落在我的心上……

上午9:00是父亲开棺验殓的时辰。眼下已是8:00,风,无情地刮着;雨,潇潇地下着;雷,有一阵无一阵地打着。眼看雨停不了了,家人便在墓地搭起了雨棚,确保父亲开棺验殓安葬顺利。

时间一分一秒地过去,8:50了,雨还是一个劲地往下倒。我疑心父亲有灵,感应苍天,变春雨的绵绵为倾盆,为瓢泼……父亲何意呢?

8:50,8:51……风水先生收起雨伞,钻进雨棚,一脸的无奈。开棺在即,我屏声静气,往父亲的灵柩靠近,靠近……

这时,雨骤然而歇,歇得干干净净,没有一个雨点。抬头看,天空的乌云像被无形的鞭子抽打着,向四周散开,散开……9:00,太阳出来了,不偏不倚地照着父亲的灵柩,照着墓地。墓地上的人都惊讶不已,哗然一片。有人说:"风水先生高,知天象,运万物。"有人说:"老爷子仍然生前的做派,力挽狂澜,化险为夷。"……

我陷入沉思,如果人死了真的不朽,秉性依存,我父亲真有能力化险为夷。

父亲生于1924年,一个动乱的年代。据家史记载,1930年,一路大军经过我家,适逢祖父去大姑家探亲。大军询问祖父的身份及去向。曾祖母吓糊涂了,顺话答话,说祖父是红军。大军一路追杀,要了祖父的性命。祖父是个忠厚老实的人,从未拿过枪,也没参加过任何组织,就这样不明不白成了冤魂。

曾祖母受惊,死了。祖母,眼睛哭瞎了。再加上战乱,家境从此衰落。小叔过了继,家里的田地也都典当了。8岁的父亲跟着祖母乞讨为生。

乞讨的日子苦了父亲,也使父亲迅速成长。他10岁就给人家做工糊口,用了6年的时间赎回了田地,结束了乞讨帮工的日子,和祖母相依为命,勤俭度日。父亲天资聪慧,帮工时从私塾那悄悄学文化,识字断文,成了家族中的文化人。土地改革时,父亲被推选为合作社经委主任。父亲一直为这段历史而骄傲。我们为父亲而骄傲!

父亲的灵柩安葬好了。癸山丁向,坐北偏东,向南偏西。墓地不是风水先生看的,是我母亲选择的。

母亲生于1924年,卒于2000年。母亲生前就为自己找好了这块墓地,按她的遗嘱,2005年便安葬于此。父亲仙逝三年了,要安葬了。兄长们请风水先生为父亲选墓地。选了几处都不适合,不是与父亲的生辰、过世的日子相克,就是与子孙的生辰八字不合。找来找去,找到了母亲的墓地,和母亲合葬。

对此,有人打趣:老爷子生前一直仰视老太太,死了仍然追随老太太;有人感叹:老太太生前辛苦一辈子,没享到一天福,老爷子亏欠老太太,要在阴界好好补偿;也有人不解:老太太生前一向热情好客,爱热闹,咋把"家"安在这个山旮旯……

站在父母的墓前望去——

眼前是一片茶园,茶树上蒙着一层烟雾,那是待发的茶头。茶园下是老屋,离墓地不过200米。墓地左侧由北向东南延伸的是一望无际的竹林。风很大,竹浪层层,一浪一浪顺着风向这边涌来,弯腰俯首,似叩拜大地,又像伸长双臂拥抱我的父亲母亲。右侧由北向西南延绵的是山林,树木密集,还没发青,一片灰褐色。山樱桃这儿一株、那儿一株开满雪一样的花,点缀其间,水墨画一般,与此时、此地、此情颇为相宜。

前方层层叠叠的山峦,起伏交错,连绵而上,直至大别山最高峰白马尖。墓前千层绿,子生万代福。母亲选择这块墓地福佑子孙。

时近中午,老屋东北角升起一缕炊烟,那是老屋唯一的住户,与我们同辈,夫妻二人已年过花甲,身体多病,生活拮据,去不了镇上。炊烟随风飘散,飘散在墓地上空……我恍然大悟。父亲母亲把墓地选在这里,是要守着老屋的炊烟,守着老屋。

是的,老屋历经一个多世纪,见证了金家的兴衰,更见证了父亲母亲不平凡的人生。

母亲闺中待嫁时,恰赶上土地革命,她家被划分为"地主家庭",她以这样的身份嫁于我的父亲。父亲当时虽然远离了乞讨和帮工的日子,当上合作社经委主任,但家徒四壁。我的大哥、二哥、三哥的相继出生,使得生活难以为继,一家老小过着衣不遮体,食不果腹的日子。

有人劝我母亲改嫁,母亲没有。她咬着牙一步步向前。生在山里,就得从山上找活路。母亲开荒种菜,腌小菜,晒干菜;上山捡栎树果,舂去壳,磨成粉,做成凉皮、凉粉;捡茶籽,榨茶油……加工好许多农产品,挑到六七十里外的佛子岭水库工地上卖,用换来的钱贴补生活。一天往返一百多里,常常以水充饥,舍不得花钱买上一个馒头。特别是三年困难时期,母亲为了五个哥哥一个姐姐,险些把命搭上。

这些都是奶奶告诉我的。我们兄弟姐妹九人,我是老八。我记事时,家已旧貌换新颜。除了祖传的两间半房子外,父母还添了三间新房,娶了三房儿媳。我大哥已从师范学校毕业当上了教师,三哥学徒期满,成了远近闻名的瓦匠师傅……我家的日子蒸蒸日上,老屋也蒸蒸日上。

老屋由两座四合院组成。东头住三户,西头住两户,都是不出五服的家门。四合院坐北朝南,虽不相连,但在同一个平面内,屋檐滴水连成一线。东侧高出院落的山冈,东北走向,呈鱼背状。山上是四季葱绿的竹子,犹如一条青龙向东延伸。西侧的山头高于东侧,南北走向,似虎背。山上草木丰茂,山势延伸不远,大约300米自然断了,形成虎头。左青龙,右白虎。老屋就在青龙白虎的呵护下生生不息,常年久安。

老屋前的场地是长方形的,收割的季节便成了打场。黄豆、玉米、稻谷铺满场地。连枷的叭叭脆响,碾子的吱呀尖响,农人吆喝牛的瓮声瓮气,加上鸡鸣狗吠,奏起了老屋蓬勃富足的交响曲。西头古井静静地陶醉于场地的热闹,如抽干井水,一定会看到井底的泉眼汩汩地冒着,恨不得冒到场地,淌进音乐的河流。

场地南面是池塘。仲夏时节,风举荷花,蛙鸣柳枝,青蛇戏水……动画片一般活泼,童话一般美妙。

池塘南面是田垄,梯形排列,由东向西,阶阶向上。仲秋到了,稻谷垂下头,稻田旁的紫薇开得压下了枝,清风徐来,稻香花香氤氲上空,老屋一派灵气秀色。

田垄间有一条通往庄外的路,与老屋西头相连,大约成70度夹角。这条路见证了老屋的和谐、老屋的兴旺以及老屋对社会的贡献。

老屋五户人家,哪家的亲戚来了,老屋家家户主都要迎到路口,走时再送到路口。新女婿、新外甥上门,每家都在路口挂上爆竹。客人一踏上老屋的土地,爆竹声次第响起……噼噼啪啪的爆竹声张扬着老屋人的热情。

一到春节,这条路上行人不断。五户人家,家家都有一两个姑爷,户户都有三四房媳妇。送走儿子儿媳,迎回姑娘女婿。拜叔伯,拜姑舅……小路看着张张笑脸,听着声声祝福,载着老屋的年文化度过它的新春。

这条小路也迎接过来自四面八方的陌生人。1973年修建龙太公路（龙井冲到太阳），来自四面八方的建筑工人上百人，住宿、生活成了难题。父辈们一起合计，各家腾出木楼给工人们睡觉；腾出正房给工人们办公、吃饭；还在倒座筑了灶台安上铁锅，给工人烧饭。路修了三年，老屋人为工人们提供住房三年，分文不取；老屋的男男女女、老老少少憋屈地生活了三年，毫无怨言！

　　老屋人的淳朴厚道赢得了众人的口碑：金家老屋的后生不愁娶，金家老屋的姑娘不愁嫁。受父辈们的影响，老屋的小伙姑娘知书达理，勤劳善良，能吃苦，有智慧，是生产好手，行业状元。从这条小路上走出的老屋人，有中专生、大专生、本科生、博士生……

　　老屋是富足的，秀美的，和谐的，大爱的。

　　然而，社会发展的冲击，父辈们的相继离世，使老屋一步步走向衰败，走向孤寂，走向……四合院倒塌了，场地塌陷了，池塘淤积了，田垄荒废了；老屋的人走了，走到镇上，走到城里；老屋人的心散了，散在名，散在利，散在自我的世界。

　　父亲是父辈中最后离世的一位，面对老屋的变迁，我想他的心是不忍的，剧痛的。生无言相诉，唯求魂厮守。

　　想到此，父亲母亲选择这方墓地、今天天气的怪异，都有了答案。老屋是父辈的根，刻印着父辈的生命轨迹，承载着父辈的精神灵魂。父亲母亲要为这个家族厮守老屋！或许，这份诚心感动天地，上苍以天象暗示我们：记住父母立碑的日子，记住老屋，记住根。

　　父母的碑立好了，碑上黑底烫金的碑铭熠熠生辉：

　　勤力持家，崇道尚仁，寿逾耄耋，功德荫庇，满堂子孙贤为贵；
　　养子扶孙，秀外慧中，年过古稀，慈祥福佑，济济后人孝当先。
　　（注：父亲，名崇德　母亲，名祥秀）

己亥年二月十四日

生日

凡生命都有生日,大到每个人,小到每个微生物。不同的是,某些微生物或生物,只有一个生日,从诞生到死去,只有一年、几个月,甚至几秒。人却不同,寿命有多长就有多少个生日。

人,最值得庆贺的生日,应该是第一个生日。对家庭来说,添丁进口;对本人来说,第一次脱离母体,第一次啼哭,第一次睁眼,第一次……都值得纪念。

然而,我却不同。我的第一个生日是很冷清的。

那是1963年农历十月二十日(后来知道的),舅舅家新房落成,父亲去了舅舅家。几个哥哥,上学的上学,开荒的开荒。家里只有母亲和双眼失明的奶奶。听母亲说,我像是赶着什么时辰抢着出生的。母亲从腹痛到分娩,仅一炷香的工夫。太阳正好落在半山腰,大约是申时,也就是下午三四点吧。深冬晴日的此刻,阳光应该是慈眉善目、性情温和的。这个时辰决定了我一生除了善良温和外,无别的特性可塑造了。

母亲把我包好,就放进被窝里,自己清理衣物去了。父亲回来听说母亲生了个丫头,三天都不进房门。可见,我的到来不受欢迎。我的第一个生日是冷清的。也许正是这第一次的感觉,为我的骨子里注入了独立的因子、热情的因子。如果说我身上有什么优点,那就是独立性很强,为人做事都带着温度。

第一个生日冷清,接下去是后来生日的无声。我不知道自己的生日,也不敢问。直到10岁头上我生场大病，母亲请来算命先生给我算命，我才知道我的生日。

后来，上了师范，同室好友过生日，她父亲特意来到学校，还带了好看的衣服、好吃的东西……我心里酸酸的，我还没过过生日呢。

1987年，我要结婚了，我向未婚夫提出唯一的要求是婚期定在我生日那天。我生命中的第25个生日，大红大喜，挂起了红灯笼，贴上了红门联，摆放着红嫁妆。家里家外人头攒动，欢声笑语不绝于耳……我悄悄地对自己说："二丫，你终于过生日了！而且是最热闹、最排场的生日。"说着说着，泪水涌出眼眶，滚落在衣襟上……我知道，热闹是家人的，排场也是家人的。是家人的喜事，不是我的生日。因为，我没有听到一句生日的祝福，也没吃到长寿面。更遗憾的是，父母为我操办婚事，邀请权不属于我，我的同学好友一个都不在场……生日就这样过去了。

儿子大了，也许是我的忆苦思甜奏效了，每到我生日，他都要给我和他父亲来一点小惊喜、小激动，生日渐渐有了味，日子也渐渐有了味。

难忘的生日是56岁的生日（前天刚过），这天除了是生日、结婚纪念日外，还有了新的内容——退休。55年前的约定，今天要兑现了。我心情很复杂，期待夹杂着伤感，幸福包裹着失落。我刻意不想，偏偏往事清晰。我点开轻音乐，练起形体，欲用锻炼模糊记忆。

"嘀——嘀——"手机报告信息。我信手一划，屏幕上红包、祝福接连不断。亲人朋友为我送上了祝福、惊喜。屏幕模糊了，无德无能的我，能有这么多人惦记，还奢求什么呢？

晌午，儿媳笑盈盈地送上鲜花。

晚上，爱人为我举办了生日派对，与我共事10多年的好朋友也来助兴。女神们送上了鲜花，男神们捧上蛋糕。灯光暗去，音乐响起："祝你生日快乐，祝你生日快乐……"20多人为我唱起了生日歌。我也情不自禁地跟着唱起来，是激动还是难过，自己也说不清，只有泪水诚实地滑过脸颊……歌声停，灯光华彩，我面对跳动的烛光，双手合拢，放在胸前：愿生命中遇见的每一个人都快乐幸福！

2018年农历十月二十日,我的生日,我的结婚纪念日,我的退休日——快乐幸福！

感恩1963年农历十月二十日申时,给了我一个南瓜命——越老越甜！

感恩给我带来惊喜、快乐的亲人、朋友们,给了我一个幸福美好的记忆！

让

朋友来家吃饭,说起孩子,一把鼻涕一把泪:"他跟我们较劲,一点不让……""阿姨,您别难过。到了该让的时候,您儿子会让着您的。看我,现在不就让着我妈吗?"我朝儿子一瞟,他一脸的认真,不是在打趣。

你让着我?

早晨,你睡懒觉,我就得让着你:下床,猫步;上洗手间,猫步;下厨房,猫步……就连叫你起来吃饭也要猫步,轻推门,慢抬脚。发现你仍然熟睡,就守在你床前,一分一秒地数,担心你迟到。倘若不让着你,你便摔门而出,教训道:"老妈,你还让不让人活了?"我起早贪黑地忙活,倒成了"杀手"。

晚上,你下班回来,吃过喝过,便对着电脑前的我嚷道:"老妈,你玩半个小时了吧?快起来,不然看书又要流眼泪了。"瞧瞧,你用关心我的口气要我让着你。

有时,你下班不归,我还得让你。先是让出锻炼时间,等你回来吃饭,热了凉,凉了热……再是让出看电视的清闲,全神贯注,倾听门外的声音……最后要让出睡意,心随着你洗漱、抽烟、就寝……

从早到晚,我都得让着你。这还不算。你已二十有六,该谈婚论嫁了,眼看漂亮的女孩子都成了别人的儿媳,我心急如焚,试探着说:"儿子,××女孩长得真甜……""打住!我现在还不想谈对象呢。"我话一露头,就被你掐了。我还得让着你:"是啊,你还小。"

这是你让着我吗?

面对你,我就是一个"小媳妇",处处让,事事让。在学生面前,偶尔自由一下,做一回自己,还得背上"母夜叉"的"美名"。

刚入初三,临考的阵势就出来了。黑板的右上方出现了"中考倒计时",作息时间表下方出现了"晚自习"。孩子紧张,与课外读物不照面了。本该属于语文的时间都让给了数理化。我想劝说,又恐力不从心,便考他一考,想借分数说话。结果还真被我说中了:41人,只有15人及格。分数面前,我不能再让了,我要据"分数"力争,争取他们学语文的时间。于是,我走到班级,心一横,脸一沉,便放出话来了:"看看你们的分数,还一个个埋头拼命的样子,母语都学不好了,你们还学啥?……"

你猜他们怎么着?"××老师年纪大了,我们应该理解"云云。其言外之意就是:老师,我们得让着你。

我冤枉不?我左让右让,稍有不慎,便落得骂名。我能怎么办?只有将所有的气收入丹田,静坐沉思,反复念叨"儿子,我,学生""学生,我,儿子"……我们形成的三角,正代表着人与人的关系,"你,我,他"的关系。念叨着念叨着,便有了那么一点点领悟:我们每个人的潜意识中,都太自我了,都想"你""他"围着"我"转,而且百分之百服从,稍有改变,便觉得不自在,甚至感到受辱。

这一发现,使我对"你,我,他"有了兴趣。他——人也,你——人尔,人是万物之灵长。我们的祖先在造字的时候就刻意强调,尊重第二方、第三方。人不同于物,有思想,有情感。"我"做不到对"你""他"了如指掌,合情理;如硬要摆出了如指掌之态,为其把脉,开药方,或指点江山,就不合情理了。

母亲也好,老师也罢,爱孩子之心,日月可鉴。然,爱不代表理解,爱不等于完全了解对方的需要,爱的前提应该是尊重。"我"处处因爱而让,对方却浑然不知,但对方稍有不让,"我"就有了感觉,说一千道一万,还是一个"我"。

这也不奇怪。我,手持戈,防范意识极强,不允许第二者、第三者的侵犯。自我保护,"明哲保身"。每一个"我"都在实践造字用意。可是,手持戈,又意味着斗。"我"一出场，就有伤人的可能。祖先用心良苦，造了这么个字，是要告诫每一个"我"注意言行，控制欲望，以免伤害"你""他"，更不要看"你""他"赤手空拳就咄咄逼人，凡事都得让一让。

嘻，不怕你笑话，明白了这些，我一肚子怨气消失了，一阵窃喜。古人云："朝闻道，夕死可矣。"我虽年迈，尚能饭食，明白了"你""我""他"，也可谓不枉此生矣。

不想他长大

7月5日,是我儿孟骥的生日。1990年7月5日17时,在阵痛17个小时后,我听到了呱呱的啼哭声,一个婴儿诞生了,我做妈妈了,劳累、幸福得晕了过去。

婴儿是个巨胎儿,身长55厘米,体重4.5千克。他在钳子的协助下,带着伤痕,来到这个世界。为防止感染,他被放进了隔离箱。爱人百般央求,获得了探望权。我在爱人的搀扶下来到隔离室,远远看到玻璃箱中的婴儿闭着眼,皱着眉,一副不满而又无助的样子,我好心疼。我慢慢走近,含着泪说:"儿子,妈妈来看你啦。"只见他四肢动了动,睁开了眼,转动着眼球,寻找着……他不会听懂我的话。他一定感到了我的心跳。那一刻,我好激动,第一次相信母子的心是连在一起的。

我和儿子不仅心连在一起,人也黏在一起。一周后,我从护士手中接过儿子,从此,我们很少分开。

那年暑假,3岁的儿子被爱人带回了老家,说是让我在家清闲清闲,我很是感动。自从有了儿子,一天没闲过。我便想象儿子离开后的自由世界:逛街,聊天,看书……仿佛刑满释放似的。可是,儿子刚刚离开,我心里便空落落的,像丢了东西一样,哪儿都不想去,什么也不想做。夜幕降临,牵挂也降临,我在家里转来转去,眼里、心里全是儿子。夜色加深,失落也随之加深,致使我坐在床前黯然落泪。

第二天,爱人便带着儿子回来了。我抱过儿子的同时,不解地问:"你不是说过上一阵子嘛,咋一天就回来了?""儿子想你,一夜不睡,哭闹了一宿。"我心一惊,高兴又担忧。都说黏妈的孩子没出息,我担心儿子成"妈宝",盼着儿子长大,盼望他能独立。

那年的腊月,儿子5岁。在城里读大学的侄儿放寒假了,我们也接近期末考试了。我央求他表哥把他带回老家,我好全身心地投入迎考。儿子很不乐意。我只好善意撒谎了:"你先跟表哥走,我上完课就走,晚上到外婆家陪宝贝。"

晚上7点多,家里打来电话,说孩子蹲在马路上不肯回家,要等妈妈。

腊月的夜晚,风,是冷的,地,是冻的。怎样的依恋才能让一个5岁的孩子站在寒风里守望呢?那一刻,我流泪了,幸福、担忧一起袭击着我。古训道:好男儿,志在四方。他这样依恋我,什么时候能长大呢?

再一次盼望他长大。

儿子7岁了,上学了。我该把他当学生看了,该让他单房单人睡了。我郑重其事地买回单人床,放进书房里,把他叫到书房,指着铺好的床,对他说:"儿子,这是妈妈为你准备的卧室,你满意吗?"他环视自己一直读书的房间,眼里流露着陌生。"儿子,你现在已经是小学生了,已经长大了,要学着独立,不能再黏着妈妈了。一个人睡是独立的开始。"我口若悬河,他一脸萌态,眼里写满了不解。我蹲下身,扶着他的两臂,仰着头:"你是最棒的!一定行!对不对?"他眨了一下眼,泪珠跌了下来,但很快用小手拭干了,点点头,眼巴巴地说:"妈妈,一周有两天不上学。不上学的两天,我就不是学生,我还是可以跟你睡一起的,对不对?"儿子的话使我一时语塞,答不上来。儿子,你什么时候能长大呢?

盼望儿子长大成了我唯一的希望。

他上大学已18岁了,行过成人礼,但仍不能独立。入学三周,他就跑回家来,正赶上我住院,他趴在我枕边流泪,嚷着不到学校去了,要在医院陪我。我不知是幸福还是痛苦。

  上个月,写有他名字的房产证拿到了,房子是精装的,拎包即住。一天,我和他爸起了个早,去新房。开锁推门的那一刻,惊喜与失落一齐涌向我——

  客厅布置一新。电视柜的一边是一米多高的、罩着黑色灯罩的落地台灯,一边是白色的柱形风扇。茶几上摆着陶瓷茶具,一个个小巧玲珑的茶盏精神抖擞地张着嘴巴,放一片茶叶、斟一点开水,就会氤氲醇香。两组沙发比肩而卧,靠阳台处躺着按摩椅。

  厨房里,灶具齐全:炒锅、煎锅、电饭锅一溜儿摆开,烤箱、微波炉两旁端坐。拉开橱屉,油盐酱醋有序陈列……样样备齐了。这是要离开我而独立了吗?我的心一阵绞痛,摸着灶台的手有点颤抖。爱人见状,安慰我:"好,很好!儿子长大了,不要你操心了,你的愿望实现了。"我白了他一眼,转身走出了新房。

  太阳已升高了,小草、树叶上的露水已干。晨风吹来,小草摇头,树枝摆手,仿佛在与谁告别。我的心酸酸的,眼涩涩的,模糊中,看到了儿子和准儿媳正向前走,两手相扣……

  孩子长大,不是岁月的流逝,不是父母的期盼,而是与另一只手的相牵。

  孩子长大,在父母,不是大半生的付出,不是责任的推卸,而是心的不再完整。

  愿望的实现应该是幸福的,我,怎么就这么失落呢?

  不想儿子长大,我这个妈还不够坚强。

  今天,2017年7月5号,27岁的儿子长大了。

听歌

我不会唱歌,喜欢听歌,但不喜欢在 KTV 听歌,那里太喧嚣,破坏了歌曲本来的意境。我喜欢在安静的环境下,静静地听歌——

童年时,我就喜欢唱歌。那个年代流行唱样板戏,我喜欢唱"我家的表叔数不清"。我在家是不唱的,父亲与哥哥们被生活的重担压得失去了笑容……一到学校,我就唱起来,连上厕所也唱。

一次,老师把我叫到了办公室,神情凝重地对我说:"一个女孩子应该斯斯文文的,一路走一路唱,像什么样子?再说,你只知道唱歌,还知道学习吗?"老师的话令我震惊,我便不再唱歌。后来,想唱歌,嘴却张不开,不唱了,听别人唱。

1980 年,我读师范。五四青年节,学校请来电影队播放电影《小花》。我含泪看完,电影情节是什么,人物怎样,现在都已印象模糊,唯有电影插曲刻骨铭心——

"妹妹找哥泪花流,不见哥哥心忧愁,心忧愁……"听着电影中的歌曲,回想着小花那双寻觅、渴望的目光,我的心被触动,隐痛,破碎。小花该有一个多么爱她的哥哥呀!我也是一个妹妹——有六个哥哥的妹妹。我渴望他们爱我,哪怕一丁点。

夏天的晚上,我和几个小伙伴躺在篾床上乘凉。天,好高好高,幽蓝幽蓝。天幕上的星星就像场地上乘凉的人,这儿几颗,那儿几颗,一眨一眨的,仿佛大人们叼着的烟头。不远处,稻田里蛙声阵阵,像父辈们高亢的声音。它们也在畅谈稻子的长势吗?萤火虫努力闪着自己的小屁股,希望我们去追它。我们可不稀罕,你挠我胳肢窝,我刮你后背,嬉戏打闹,逗得篾床也"吱吱"笑。

突然,一个巴掌打在我的脸上,我还没有反应过来,又是一巴掌。我一边擦鼻血,一边歪头,是妈妈。"打死你,叫你不长记性。"

下午,我和一个叫花的小伙伴吵架。她泼皮,竟指着我妈妈的鼻子骂。妈妈拧了我的耳朵,让我不准再和花玩,可是我——

妈妈的手像连枷一样,一下连一下地打在我的脸上。我不敢哭,眼巴巴地看着一旁乘凉的哥哥们,乞求他们救我,他们却视而不见……

妹妹找哥泪花流……

歌曲《血染的风采》风靡全国时,我正在一所山村小学教书。清晨,我捧着鲁迅的《伤逝》来到山冈上。露水打湿了我的裤腿,裤腿上沾满了花瓣,花瓣泪汪汪的,一副担惊受怕的样子。我拨开一片草,坐下来读着《伤逝》。村委会的广播响了:"……也许我的眼睛再不能睁开,你是否理解我沉默的情怀?……"激昂而又饱含忧伤的歌声唤醒了整个山村,也把老山战斗的惨烈拉到了眼前。我的泪水簌簌而下,滑过脸颊,打湿衣襟,滴落在《伤逝》上,滴落在"我是我自己的,他们谁也没有干涉我的权利"上。

抬起模糊的双眼,对面山峦在朝霞中燃烧着,灶膛一般,红红的。红在扩大,在蔓延,漫山遍野刹那间都成了红色,血一样的红。耳边仿佛响起了枪声、炮声、厮杀声……

"也许我长眠,再不能醒来,你是否相信我化作了山脉?……"歌声锥子般刺着我的心。我站起身,回望山冈下:远处,一面面"镜子"高低错落,那是灌满了水的农田。农田边有骑着牛的牧童,牧童的短笛淹没在歌声里。河边有三三两两的浣衣女,她们飘动的衣衫,像天边的彩云,装点着清晨。四合院的校舍在晨曦中静静地伫立着,迎接欢呼雀跃的孩子——

我的心跳骤然加快:炮火声中的"我"还是自己的吗？许多天来一直被爱情、人生困惑着的我,豁然开朗。我合上《伤逝》,向着校园,向着孩子们走去……

听云飞的《天边》,我已退休。记得上老年大学的第一天,正赶上老师教《天边》。音乐邈远又切近,是钟鼓在苍穹撞击,是心脏在胸腔跳动。我被震动了,以致四肢发抖,不知所以。

"天边有一对双星,那是我梦中的眼睛……天边有一棵大树,那是我心中的绿荫……"旷远的旋律、优美的歌词、迷人的声音模糊了时空,模糊了虚实,模糊了我的视听。是李白面对"赐金放还",拔剑四顾,高歌"长风破浪会有时,直挂云帆济沧海";是苏轼挽雕弓,射天狼,祈愿"持节云中,何日遣冯唐";是辛弃疾在元夕之夜低吟"众里寻他千百度。蓦然回首,那人却在,灯火阑珊处"……

"双星""大树"是信念,是期盼,是诗人笔下的"那人"！一切美好的东西总是可望而不可即的。好在我们有梦,梦里有闪烁的眼睛;好在我们心向往之,心灵不再有沙漠。

歌词融在音乐的旋律中,通过歌唱者的深情诠释,在我的心中活起来了,站起来了,成了触手可及的形象,有血,有肉。一字字,一声声,充溢着我的双耳,印刻在我的脑海,拷打着我的灵魂……

神秀云:"身是菩提树,心如明镜台。时时勤拂拭,莫使惹尘埃。"常听歌,常参悟,做一棵菩提,拥一面明镜——

脸与手

一觉醒来,觉得眼角下痒痛痒痛的。赶紧起床,走到镜子前。原来,脸上长了颗脂肪痘。

我伸出手揉捏,希望把它消灭在萌芽中。揉捏揉捏,手和脸同时进入了我的视线,我惊呆了:我的脸竟然比手还老!这于我,犹如晴天霹雳!

慢慢平复惊悚的心,伸出另一只手放在下颌,仔细地看,仔细地瞧……数十载,每天无数次支使手为脸服务,从未将手与脸一视同仁。

手,虽不细腻,但很光滑,没有一个斑点,和我印象中的手没有两样;脸似微风掠过的黄河,涟漪层层,又似新手做的芝麻饼,芝麻一粒一粒不均匀地嵌着。酸楚、迟暮、不解,一起涌上心头。

我的手原本短、粗、硬,掌上满是老茧,这曾让人怀疑我的身份。

记得1980年五一放假,我没有钱买车票,就在通往家的路上拦货车。拦了一天,直到傍晚,才有一辆车在我面前停下。车厢里的人向我伸出手:"小姑娘,快,快!我拉你。"我慌忙把手伸给他,脚蹬车厢板,向上一蹿,上了车。

这时,我才注意到,拉我的人40来岁,斜挎一只皮革包,肤色白皙,像个文化人。他也上下打量着我:"小姑娘,你是哪儿人?来城里做什么?""我是磨子潭人,在师范学校读书。""你在师范学校读书?"他一脸迟疑,好像我骗了他似的。我急忙用手指了指胸前的校徽。"不,不,我不是那个意思。我是说你的手又硬又粗糙,怎么看都不像读书人的手。"

我伸出手,瞧一瞧,没觉得特别,只是没有班里女同学的手白细罢了。这双手就是我的手。

我兄妹八九人,家里困难,父亲又重男轻女。我七八岁时,母亲就撂给我一个挎篮,让我打猪菜、焊猪食。可是,我想上学呀。那时,学费虽然只要5毛钱,却没有人给。我就自己上山打山货:捡栎树果、果壳,打野香樟籽,捋树叶,采山茶,挖药草……手背被划裂、掌心被刺破是常有的事。1毛钱、2毛钱地攒,攒足5毛钱,我便甩掉挎篮,偷偷跑进了学校……

后来,我一直用这双手打山货,挣钱交学费,完成小学到初中的学业,考上师范。这位文化人偏说我的手不是读书人的手,我一时不解,多少年后方才明白。

我的脸,一直没受过委屈。

大山里,日照时间短,空气湿润,无形中给皮肤补了水。山里女孩子的脸,张张细腻白皙,透着红润。

长大了,长成了女人,我也学着女同事用起了"雅霜"。27岁那年,我同爱人一起进了城,见了很多新鲜事,"凤凰胎盘膏"就是其中之一。见同事用凤凰胎盘膏,我很是好奇,一问价格,30多元! 破天荒的数字! 我泄气了。但盒子上的广告深深印在我的脑海,诱惑我,唆使我,我咬了咬牙,将雅霜换成了凤凰胎盘膏。此后,我的护肤品由凤凰胎盘膏到雅芳到玉兰油到羽西……一路走高。

一次外出学习,课间,我和邻校的程老师出去散步,不经意拉住了她的手。她像被蜜蜂蜇了一般,一下子抽开手,又猛地双手伸到我面前,握住我的手:"金老师,若不是今天握了你的手,我真相信他人说的——你在家养尊处优。"她说着又用手摩挲着我的掌心,"这么厚的老茧,这么硬的骨骼,哪是衣来伸手饭来张口的福太太? 分明是家里的老妈子!"

原来,我的"豆腐干"常在地方周刊上亮相,有人就猜测我在家养尊处优,衣来伸手,饭来张口。其实,我写东西都在业余时间——工作之余,家务之余。

我的手为我正了名,我豁然开朗,那位文化人之所以说我的手不是读书人的手,也许出于这样的逻辑:读书人、写书人的手只拿书拿笔不拿事,当是柔软如柳条,白细如葱根。

我虽称不上读书人,但初中毕业上师范,师范毕业教书,也读过几本书;虽算不得写书人,但日积月累,也有二三十万字。我的手拿书,拿笔,也拿事。

我和爱人都是教师,20世纪90年代初时月收入还不到200元。孩子出生了,添人添消费。微薄工资难以维持生活,只能"自己动手,丰衣足食"。为了节省开支,我自己给孩子做鞋、缝衣、织衫……物尽其用,大人穿旧的衣服,拆了,翻过来,给孩子做衣服。在裁缝店捡些边角料,给孩子做肚兜、枕头……我虽没从师学徒,但做出来的衣服有模有样,惹得邻居买来布料,央求我给他儿子做夹克衫。

后来,经济条件好了,衣服、鞋子都不用做了,毛衣也不用织了,儿子也上大学了。工作之余,我就动手写写文字,用心学学厨艺:切菜、配料、调味、烹制,道道用心,处处用手。在手的辛勤劳作下,我的文字见诸报端,我烧的菜被朋友誉为"金氏私房菜"。

想来,我还真的对不住我这双手,它们如此辛劳,我却很少犒劳它们,就连普通的大宝SOD蜜也不擦。倒不是我轻视手,实在是手太忙了。上班,课间10分钟,洗手尚来不及,何况护理呢?在家,洗衣、做饭、拖地板、养花弄草、铺床叠被、翻书写字……稍有闲暇,还要为脸服务:按摩,刮痧,敷面膜……

然而,经年累月,手却"春风不改旧时波"。何哉?它们如水,放下自身,不停运动;它们如绿叶,释放体能越多越茂盛葱郁。

脸呢?只知道天天端着,不接地气,恃宠而"娇"——抹粉、擦油、贴金……到头来落得个面目全非。

脸与手,让我想到了一些人、一些事……

偶得

深冬的一天,我到老城区办事,办完事,时间还早,决定坐公交车回家。正往公交站牌走,一辆车从身边疾驰而过。抬眼看,正是226路车。我急忙小跑。可车不因我的努力而等待,抵站后只稍停了一刻,便开走了。

等过车的人都知道,往往一步之遥,错过一班,就要等"半个世纪"。其间有148路、126路车抵站,我却不想上。一是怕转车,二是怕无休止地去擦座椅。疫情的阴魂不散,总让我感觉处处是细菌。口可罩,手能套,其他部位却没有好的防范之法。再说,冬装不比夏衫,又不能天天洗。于是,我坚持等。

或许,我的急躁和沮丧写在了脸上。一旁卖花的大哥搭讪了:"大姐,买盆花吧。"他的一声"大姐"比"美女"的称呼有温度,仿佛老家的熟人。我扭头的同时,脚也挪动了。

他见我走近,忙从三轮车上下来,指着一车的花说:"这些花都是室内好养的花,选一棵。"我看他一眼,笑了笑。凡是植物都离不开阳光雨露,哪有好养的?车上草本的花居多,说真的,我是大山的女儿,闻着兰花的香气长大,骨子里有一种清雅,草本的只认兰花。对木本的花我挑剔得少一点,但它们都不好养。我养过茉莉、木芙蓉、杜鹃……结果它们都"英年早逝",留给我的是无限伤感。想到这,我转过了身。

"大姐,看看这盆瑞香。"卖花的大哥急忙挽留。瑞香,好听的花名。瑞者,吉祥也。我又回转身。目光所及,兴致索然。一株普通的绿植罢了,干直,枝粗,叶条形。

我笑道:"这也叫花?"

"确实,确实是花。"卖花的大哥急了,"你用手掰着看看,花叶间都是花苞呢。"

我伸手触及,叶子光滑,无毛。叶丛中确也藏着花,芝麻粒似的,攒在一起。色紫,是紫荆花的那种紫。别说,小模样还真像含苞的紫荆。端详一番,脑中有了瑞香的雏形,足矣。收手。

卖花大哥看我无心买,又道:"这棵瑞香,如配上一个好看的花盆放在花店里,能卖一百好几十呢。你如果买,40元拿走。"他在央求我。

我动了心,不是因为便宜,是因为裸卖。我知道,花店老板有时会在器皿上做文章。去年春节,图喜庆,我上花店买回一盆盛开的杜鹃。花头攒动,色泽艳丽,放在客厅,满屋春色。我喜不自禁。然而,没到一周,叶蔫,花落。我甚为不解。捻捻泥土,干湿正好;论温度,家里开着暖气。杜鹃咋就成了昙花呢?大新年的,家里放着这样一盆花,实在不吉利,只能扔了。抱起花盆,上面的彩绘和题字都睁大眼睛看着我。是呀,当初买下这盆杜鹃,一半是看上了这花盆,它能说话。我放下,用力拔起花,土撒了一地,手上握的竟然是一把树枝,轻飘飘的。无根无须,岂不短命乎?就凭瑞香的裸卖,40元值了。我扫码付款,带走了瑞香。

到家后,我将枯死的茉莉拔了,栽上瑞香,放在阳台。

翌日清晨,步入阳台,有丝丝香气入鼻,是瑞香。甚喜。自兰花开过,好久没闻到这么淡雅的花香了。我凑近,深嗅。气淡,味重,似八角的花香,沁人心脾,但瞬间又气味全无。我忽而感到瑞香与众花不同,生出十二分的爱。仔细瞧瞧,昨日的芝麻粒成了米泡泡。有的已张开了小嘴,花瓣薄如蝉羽,搂着细密的花蕊。娇俏的模样,惹人喜爱。我噘起唇,亲吻了它一下。

一日,我坐在瑞香旁,阅读微刊美文,其配乐是李谷一唱的《缘分》,我便跟着哼起来。哼着,哼着,我情不自禁地放声高歌。爱人从书房走出来,惊讶道:

"咦,你的嗓子什么时候好了?"我用手摸摸自己的咽喉,下意识地咽一咽唾沫,还真的不肿不疼了。

近四十年的讲台生涯让我留下了咽喉炎,一受点凉就犯。入冬以来就没有好过。吃药不见效,还增加胃的负担,索性随它去了。想不到竟然不治自愈。

记得买瑞香时,嗓子还哑着。瑞香入室,嗓子好了。是瑞香带来了吉利,还是它本身有治疗作用呢? 我急忙打开百度:瑞香,根、茎、叶、花都可以入药,其性甘,具有清热解毒之疗效,能治疗咽喉肿痛……

呵,还真是瑞香。我对它喜爱中又多了一份感激。我蹲下身子,向瑞香行注目礼。它体香迷人,外形美观,树冠呈圆形,花儿锦簇成团。难得一见的是:花在枝头上,嫩叶卧花间。花次第而开,叶逐渐成绿,花与叶密不可分。自然的一往情深让我流下了泪。

"你可记得那一天,疏星几点新月弯,踏着轻轻花间路,缘分仿佛只在一瞬间……"

听着李谷一的歌声,我想起了那一天:那一天,我错过了226路车,结缘瑞香。或许,这就是上苍的安排。

上苍让我们错过了一处风景,必然会让我们与另一处风景相见。遇见的便是最好的。

偶得瑞香,偶得……

枕芯

为期一周的芽庄行结束了。走出旅馆,与大海告别。海面静静的,远处几艘小艇,似静止,似前行,像离别的恋人,缠绵着。太阳钻出了海面,给海面洒上一层金子,晃得人睁不开眼。我们乘上车驶向乳胶产品店购物。

店里清一色天然乳胶产品:床垫、被子、枕芯……一走近,便有置身卧室的感觉,好温暖。

先生一脸不屑,站在广告栏下,一副消磨光阴的样子。我拉着他走向乳胶枕,他调侃道:"我的女皇,你该不会告诉我,枕头是亲密的爱人,你要买个爱人带回国吧?"我只笑不语。

身着奥黛的越南小姐面带微笑地向我走来,为我介绍了天然乳胶枕的价格:"四代产品,一对1000元;五代产品,一对1400—1700元。"我选了三对五代产品。

一向文质彬彬的先生指手画脚起来:"你干吗?疯了!花这么大价钱买枕芯?"

我顾不得向他解释,看着面前乳白色的枕芯,激动不已,心花怒放,多年来的心愿,实现了。我双手抚摸着富有弹性的枕芯,像抚摸着流失的岁月,曾经的事、曾经的人一起涌上心头,触动泪点,泪水滴落在枕芯上……

1987年,我出嫁。父母年迈,嫁妆要靠哥哥嫂子凑。五哥五嫂为我置办的嫁妆是一对红底提花的枕头和一对大红鸳鸯的枕巾,我很喜欢。

新婚之夜,我抱着枕头,摩挲着,而后,脸也贴了上去,深呼吸……这时,我嗅到了淡淡的异味,怎么回事呢?枕套是崭新的,上面的提花娇艳欲滴,似能听到绽放的声音。我掏出枕芯,凑到灯光下,枕芯上有浅浅的污渍,像汗斑,又像口水洇开的痕迹……

原本就不知安放于何处的心,更酸楚了。五嫂把自己用的枕头给了我当嫁妆。看着枕头,尴尬的一幕又浮现在眼前——

那是一个深冬的傍晚,夕阳将周围的山染成了金色,与大红门对辉映,更是喜气洋洋。老屋,人头攒动,大人、小孩都翘首西望,等待新娘的到来。

夕阳恋恋不舍地落下时,新娘——我的五嫂来了。爆竹噼啪作响,屋内的女人都跑了出来,说是看新娘,其实是看嫁妆。自家的嫂子、房下的嫂子五六人一哄而上,围着五嫂,说长道短,无非是:我结婚,娘家陪了什么什么。这时,我才注意到,五嫂的嫁妆仅有一对枕头,用红布巾系着,拎在媒人的手里。五嫂一脸尴尬,低着头,跨过火盆,跨过门槛……

我用手捏一捏眼前的枕芯,软软的,灰中带白,像破碎的棉籽,又像破碎的球衣,用手一捻,手上便沾满尘末……尽管如此,这枕芯于五嫂是最好的,于我也是最好的。

自我懂事起,看到的、用过的枕头都是粗糠(稻壳)枕芯的。母亲用的枕头也是她的陪嫁,细长细长的,像个袋子,两头镶着方形的刺绣。母亲是地主家小姐,十八年深居闺阁,做女红,绣得一手好刺绣。母亲的枕头就是她自己绣的。每当看到那鲜艳的牡丹花时,我总有一点别扭,因为和枕头里的粗糠太不般配了。

一次,我忍不住问母亲:"外婆家当年那么富裕,咋用粗糠装枕头呢?"母亲说:"傻丫头,那个年头,再有钱的人家,枕头也是粗糠装的,没有别的呀。"我将信将疑。

我6岁起,大嫂、二嫂、三嫂相继被娶了回来,她们的嫁妆,各有不同,但枕头一模一样:老布枕套,粗糠枕芯。我相信了,粗糠是枕芯的唯一。直到五嫂进家门,我抱过她的枕头,才知道,枕头还有不用粗糠装的。

五嫂把如此珍贵的嫁妆陪给了我,叫我如何安心呢?

我婚后的第四年,小姑子出嫁。为小姑子置办嫁妆是情理之中的事。周末,我和先生带着孩子来到龙图商场。电视机、电风扇买不起,挑来拣去,决定买一只皮箱、一对枕头。

枕头的价格取决于枕芯,化纤枕芯8元一对,海绵枕芯15元一对。我左手抓着海绵枕芯,右手抓着化纤枕芯。松开左手,勤劳可爱的小姑子在眼前晃动,我结婚,办酒席的荤菜、素菜都是她从十几里外的集市,一担一担担回来的;松开右手,家庭月收入不到200元,买书、买牛奶、给家里……心的天平在情感与理智中失去平衡,直至手心出汗,也难以决断。最后,还是先生掰开了我的左手……

2000年冬,母亲去世。我和先生回家奔丧,将上一年级的儿子托付给邻居照顾。

送走母亲回来,儿子一见到我,便拉着我往邻居家跑,边跑边说:"妈妈,带你看样好东西。"我有孝在身,便拉住他,指着手臂上的"孝"字对他说:"宝贝,妈妈不能到阿姨家去。你告诉妈妈,是什么好东西?"

"阿姨家的枕头。"

"枕头?"

"阿姨家的枕头可软了,是云做的,枕在上面,我就是小星星了。"

看着儿子闪动的目光和他歪着的小脑袋,我的心一阵绞痛,母亲床头的旧枕头又浮现在眼前。

母亲一生勤俭节约,枕的枕头补了又补,枕头两端的刺绣洗得面目全非。我多次要为母亲换枕头,可她就是不肯,说粗糠的枕头枕习惯了。其实,她知道我生活过得紧紧巴巴,怕我花钱。我在心里暗暗发誓,等日子过好了,要给母亲买最好的。可是,直到母亲离开人世,我的心愿也没实现。为人女,我惭愧;为人母,我又……

我一把搂住了儿子。他说的阿姨家,枕头是丝绸枕芯的。她爱人前几年下海了,上次回来,带了些新玩意,其中就有丝绵枕。是啊,比起儿子用的旧衣服枕头(枕芯是用旧衣服填充的),丝绵枕岂不是好东西?

"宝贝,妈妈知道了,你不喜欢你的枕头,想要和阿姨家一样的枕头,是吗?"

儿子点点头。

"妈妈答应你,一定给你买,但,你要给妈妈时间,好吗?"

对儿子的承诺什么时候兑现的,我也记不清了。今天,面对天然乳胶枕,我仍觉得亏欠儿子,亏欠她们……

我买下了三对枕芯,一对给我的嫂子,一对给我的小姑子,一个给我的儿子,一个给天堂的母亲……

风筝

皖中的春天说来就来,像急性子的村姑,脚下生风,走着,笑着。树丛中,这儿一点雪,那儿一点雪,一夜间,竟没有了踪影。风把它吹到了枝头,吹成了嫩绿。

走进公园,仰头便能看见风筝。孩子们比春还早,心性已放飞到天上。麦绿色的燕子风筝、嫩黄色的蝴蝶风筝、橙黑相间的蜈蚣风筝……高高低低,在天空追逐。天空瓦蓝瓦蓝的,像深潭的水,望不见底。几朵云漂浮在潭里,成了游动的鱼。天空下是硕大的草坪,草儿欣欣然张开了眼。三三两两的孩子欢呼雀跃,像一只只振翅欲飞的风筝。湖边的垂柳瀑布一般,从树顶垂下,叫人听得见绿意四溅的声音……

倏忽间,一只风筝落在我的脚前——瓦片风筝。它受惊失色,惨白着脸,大概在树上停了很久。我经过,它落下。这是不是一种缘分呢?我俯下身子,将它捡起……

山里的春天像初孕的小媳妇,遮着,掩着,举手投足间把秘密泄露。山花,一天天明艳;艾蒿,一棵棵,一簇簇,悄悄地把小路装点;笋宝宝,铆足劲儿,撑破地皮,冒出棕褐色的头,用毛茸茸的眼探寻着竹林。

十一二岁的我们禁不起春的诱惑,心痒痒,手痒痒,不约而同地走出家门,用收藏的烟盒纸折飞机。一架架纸飞机从手中放出,很快便栽在南瓜棚、瓠子架上,大煞风景。于是,我们跺着脚,指着天骂。多年后,读到"结伴儿童裤褶红,手提线索骂天公。人人夸你春来早,欠我风筝五丈风"甚赞。孔尚任的诗穷尽了我们当时的情态。伙伴们一阵躁动后,沮丧地坐在了地上。这时,我想起了大哥藏在书箱里的风筝,便回家偷偷拿了出来。这是一只蝴蝶风筝,彩绘的,像真的蝴蝶。它穿着马甲,马甲上扣着三排纽扣,是妈妈大襟褂子上的那种。两只眼睛圆鼓鼓的,像要说出话来。触角震颤着,似向我传达着什么。我把风筝举在头顶,走向伙伴。伙伴们两眼发光,异口同呼:"风筝!"一下子将我围住。门口场地太小,放不了风筝,我们一窝蜂跑到打谷场上。

　　这是一个圆形的打谷场,四面环山。水田、庄子也在山的怀抱中。打谷场比山低,比水田高。风筝在伙伴们的簇拥下慢慢起飞,越飞越高。我们跟着风筝跑着,笑着,闹着……不知谁的脚绊了线,线断了,风筝一个俯冲栽在树上。我不知哪来的勇气,奔向树林,爬上树,一手抱着树干,一手轻提风筝……谁知,提起的已不是风筝,是散了的竹架、烂了的纸。伤心和害怕像两只无形的手,攥捏着我的心,攥得我张着嘴,却哭不出声来,四处张望……张望中,熟悉的一切在眼前变了模样:不规则的水田成了镜子,一面,一面,直排到山脚下,梯子一般,明晃晃的。镜子里有天,有云。天蓝蓝,云蓝蓝。水田一旁的庄子变小了,小得一眼就能装下。四合院的天井像一把升子,嵌在屋顶里,似空,又似满。谁家的烟囱正飘着青烟,一缕,一缕,飘着,飘着,成了云……这一意外收获,让我少了些许伤心:风筝栽跟头前,一定看到了更远的地方,更美的东西。刹那间,我想做一只风筝,飞高,看远,看到山的那一边。

　　然而,我还没看到山的那一边,就改变了想法。

　　那是一个春和景明的日子,风轻拍着我的窗,把油菜花的芬芳拍进了屋里,乱着我的心。春来约我了,我还没成为风筝呢。我努力管住自己,拿起了《鲁迅文集》。随手一翻,便是《风筝》,真巧。"……我即刻伸手折断了蝴蝶的一支翅骨,又将风轮掷在地下,踏扁了。论长幼,论力气,他是都敌不过我的,我当然得到完全的胜利,于是傲然走出,留他绝望地站在小屋里。"读到这儿,嗓子哽咽了,可怜的小弟,苦苦经营的风筝梦,一瞬间被哥哥踏扁了。我痛苦着小弟的灾难,不想灾难临头。"啪嗒!"一沓资料重重地落在书案上。我一回身,大哥铁青着脸。我惊惶地站立,低下头。我知道,这么大好的时光"浪费"在文学上即犯罪。我等着大哥发落,他却不出声,一定是在酝酿恶毒。我惴惴不安,心被逼进了情感的匝道,减速慢行,经委屈,过气愤,驶进痛苦里……

我在外读书,有三两好友,暑假常有书信往来。因交通不便,书信总是通过教书的大哥转。一经他手,我便成了第二读者。甚者,他把信摊在我面前,指着某言某语,训斥、教诲……我工作了,仍要按他的要求行事、交友、活着……"你整天抱着闲书看,还参不参加考试了?"大哥终于发声了,声音差点把屋顶的瓦掀翻。他转身走了,我转身对着案头,案头的自考复习资料冷眼看着我。一种失去自由的屈辱涌上心头。我真的成了风筝——牵在他人手中的风筝。心生悲哀。"何处风筝吹断线,吹来落在杏花枝。"哭问骆绮兰,什么风能吹断束缚我的线,哪怕落在泥沙中。

也许是上苍惩罚我,岁月的风吹断了牵挂我的线。母亲走了,大哥走了,父亲也走了……我这只风筝落在了哪呢?

我退休那年,春来得很迟,很迟……父亲似等不及了,拖着虚弱的身子到门外晒太阳,我赶忙上前搀扶。太阳白煞煞的,雪时不时地从光秃的树枝上落下,溅起浑浊的泪。河岸游乐场上空飘浮着一二只风筝,我指给父亲看,父亲身子前倾,不知他看到了没有,但他的脸上确有喜色。风耍起性子,断了一只风筝的线,把它卷进了河里。我心针刺一般,被不祥的预感狠狠地揪着……父亲没等到春天,走了。我成了没娘没爹的老小孩。失去牵挂的同时,失去了安全,失去了定力,失去了归处。

记得那年中秋,天还没亮,我就悄悄起床,拿出柜子里最好的酒,装好为父亲买的衣服,包好红包……只等手机响起。每逢节日,牵挂的那一头总会传来一个声音:"二丫,早点回来啊!"我在屋里来回地走,看着手机。我知道不会再有人唤我"二丫"了,但我仍然等待。在等待中怀念,怀念被牵挂的时光……断线的风筝落在了黄连枝头。

捧着手里的风筝,我慢慢起身,耳边响起谢公的叮嘱"高林上树须引避,牵缠到底不能归"。是风筝爱恋高林上树，还是高林上树牵缠了风筝？我不想知道，只想送它回归处。小心查看它的全身，骨架完好，两侧的升力片也无大碍。心释然。捋顺其线索，将它再一次放飞。它回到了归处，我却不知把线交予谁手……踌躇间，一阵狂风，风筝凌空，将其线索挣脱……我不知所措。一旁的少年眼疾手快，握住了线……

有了牵挂，便是安好。

奢望是一只风筝。

紫色的小花

清晨,一只鸟从单元门前的竹丛飞向广场旁的广玉兰树。它边飞,边叫,叫声引起合欢树上一群鸟的和鸣。一时间,晨曲悠扬。又是一年春暖花开了,公园里该是一片明艳了吧。

我和夫君来到公园,着实饱了眼福:樱花烂漫,紫薇惊艳,望春花脱俗……花是懂得厚积薄发的,它们用了一年的时间养精蓄锐,此时一发,唯艳,唯美。紫荆长龙一般,依着园内的人行道蜿蜒,像紫色的云,聚拢着。云里包裹着紫色的雨滴,水润水润的,润成紫色的雨,触之欲滴;又像紫色的纱巾,信手一抛,随风扬起,弧线流畅优美。我喜欢紫色的花,但又不是眼前的这种。

那是大山里的一种花,开在山路旁,开在田埂边。我不知道它的名字,只记得它是紫色的小花,别样的美。

它很小,花朵只有米粒那么大,形状也像米粒,两端尖尖的,中间鼓鼓的,一粒粒花蕾缀满灰蒙蒙的枝条。对,它不是花,只是蕾,我从没见它绽放过。它依附生长的植物是枝条,这种植物,没有干,没有枝,就那么一小丛,一小丛。也许,它们生来就长不成树;也许,它们生来就不想长成树。这种植物骨脆皮韧,轻轻一折,骨就露出来了。用力一抽,像抽塑料包裹的吸管,白亮白亮的骨便和皮分离了,一只手里是骨,一只手里是花蕾。原来,花是附着皮长的。将手中的花蕾团一团,便成球;抖一抖,便成链,我常常将其挂在胸前。花链挂在胸前,温暖钻进心中,甜甜的。

　　我十岁那年,生了一场病,熬了一个多月,终于熬了过来。妈妈为了庆祝我起死回生,破天荒地给我做了一件花衣裳,是蓝底紫花的,可好看了,像撒满云霞的天空。我把天空穿在了身上,甭提多兴奋了。更何况我是第一次穿新衣服呢(我一直都穿小哥的旧衣服)!我顾不得吃早饭,就往学校跑,想到同学面前炫耀。谁知,我一到学校,就被几个高我一头的大同学围住了。问我哪来的新衣服,可不可以脱下来给她们穿穿……我看看她们,看看身上的新衣服,摇摇头。谁知,她们一起朝我身上吐唾沫。其中一个穿着破烂的同学竟掏出削铅笔的小刀,朝着我衣服上的小花,使劲戳……

　　我哭着往家跑,跑着,跑着,停下了。我不能回家,妈妈看到会心疼死的。我坐在山路上,默默流泪,两手无目的地乱拽,拽一把,甩一把,想把自己的委屈一把把甩掉。拽呀拽,手拽得黏糊糊的,我一看,是小花,紫色的米泡泡。我看看花,又看看我的衣裳,真巧,花和我衣服上的花一模一样。今天想来,这种花,并不是没有名,只是我不知道而已。否则,怎么会被设计者青睐,创作在布料上呢?我一粒粒地摘下,往衣服的小孔上粘,粘啊粘,衣服上的小孔没有了,我破涕为笑。

　　无名的、米粒般的紫花,在我最无助的时候,给了我抚慰。自此,我记住了这紫色的小花。后来,我长大了,走出了大山,穿过很多花衣服,看过很多美丽的花,但总忘不了那件蓝底紫花的褂子,忘不了山路旁的那丛小紫花。

　　春天又来了,山路边的小紫花,你还好吗?

杨花

凌晨,忽然听见嘈嘈切切的"琵琶声",惊喜。随即坐起,侧耳倾听,是雨。下雨了。"嘈嘈切切""哗哗啦啦",雨由小到大,由缓到疾了,大有荡涤一切尘埃之势,包括杨絮。我甚是开心。

春末,绿丰红腴。穿一款心仪的春装,撑一把紫色镶着蕾丝边的小伞,漫步于柳荫下、湖岸边,浪漫,优雅。一年的好时光,尽在这人间四月天了。

杨花偏偏明目张胆,飘飘洒洒,持续一两周。本也无可厚非,生命给予了它张扬的权利嘛。只是我,敏感度极高,皮肤过敏,鼻腔过敏。杨花亲吻,吻犯了我的鼻炎,吻红了我的脸颊……我不敢出门,整天,整天的,白白辜负了四月天。想到韩愈的"杨花榆荚无才思,惟解漫天作雪飞",我更为纳闷,这么一个不解风情的家伙,诗人偏偏赞扬它不藏拙,增春色。我看它是不知收敛,肆意妄为。烦。于是,盼着下雨。

愿望的实现,使我受到莫大的鼓舞,我从床上跳到地上,赤脚走到窗前,掀起帘子……眼前是密织的雨幕,一条条闪亮的银线斜织着。在雨的编织中,高楼模糊了身影,马路扭曲了线条,树丛慌乱了手脚……我的心,有说不出的欢喜。依窗远眺,目光落在杨树上,落在杨树下的草丛里。

眯眼,定睛,瞠目……草丛里干干净净,叫人看到泥土的肌肤。杨花不见了。我的目光像被魔力锁住了,锁在碧绿的树上,碧绿渐渐放大,成堤,成坪,成原……一个清新葱绿的世界向我走来。我匆忙穿衣,出门,去拥抱我想要的世界。

雨停了,路上斑斑驳驳,我本能地停住脚步,怕带起飞絮。瞬间,哑然,阳光从树叶间漏下,像杨絮,但不似杨絮轻盈、多情。任凭你脚步匆匆,它也不为所动,更不会缠着你。光阴是无情的。蓦地,我对杨絮有了些好感,期盼蓦然回首,杨絮却在。目光在杨树下寻觅,冷冷清清。仰面树上,绿叶浓密,觅不到飞雪的踪影,心酸酸的。"不恨此花飞尽,恨西园,落红难缀。"杨絮飞走了,春飞走了。

忽而,想起了小思,她在《蝉》中写道:"近月来窗外的蝉更知知不休的,使事忙的人听了很烦。""斜阳里,想起秋风的颜色,就宽恕了那烦人的聒噪!"她讨厌蝉,讨厌它的知知不休。当她得知蝉在地下等了17年,才等来一夏的知知,便宽恕了它。

我不知杨花等了多长时间,才等来生命的舞动。我只晓得她的生命短暂,短暂得不过半月。她却以自己独特的方式,释放着生命的热情,展示着生命的华丽,诠释着生命的大爱。

想到这,眼前又出现了杨絮,一朵朵、一卷卷、一团团,飘在空中,落在树下,藏在草丛……飘,落,藏,是她曼妙的舞姿。伴着这曼妙的舞姿,一定有一首轻松、舒缓、指向禅意的乐曲在响……浮躁的我却忽视了。

《易经》上说,万事万物都是阴阳转化的。杨絮融入泥土里,身体归阴了,它的灵魂一定会归阳,萌动,延续,生命再生。龚自珍笔下的"落红",一定包含了杨花。

杨絮如此,人岂例外?我想到了我的小妹,五岁就结束了生命的小妹。她生在贫困的农家,不知琴棋书画,没见过笔墨纸砚,却懂事、知礼。小小的她懂得心疼妈妈,为妈妈晒衣,晒鞋,倒茶,端水……一天,她见妈妈的鞋子脏了,便偷偷为妈妈洗。五岁的她身小胳膊短,舀井水,栽在了井里……五岁的生命归阴了。我的小妹,一片杨花。

泪水模糊了双眼。模糊中,我又见小妹花枝招展,又见杨花漫天飞舞……

落叶

站在窗前,云雾迷蒙,看不见远方的天。近处是初冬的雨,如水浸过的纱,若在聚光灯下,也许能看清丝丝缕缕。树在冬雨中瑟瑟发抖,叶子片片落下。是树要抖落黄叶邀来了风,还是风要借黄叶显威侵袭了树呢?我不知。

树的顶部几近光秃,叶子稀稀疏疏,不均匀地挂在枝上,像受惊的孩子,东张西望。

树腰间的叶子密一些,像搅匀的鸡蛋,滴入滚热的油里,点点、圈圈,黄灿灿的,泛着光。它是这棵树、这个午后、这个初冬最温暖的一抹光亮。

再往下,叶子密而绿,仿佛要挡住我的视线,不让我看清树干的脸。在这属于冬的时光里,这抹色彩倒显得不伦不类。

这棵初冬的树让我明白了:老是从头开始的。

忽而,记起了故乡,记起了童年,记起了童年的初冬……一两夜霜过后,山黄了。一年快过去了,下一学期的学费、书本费还没有着落。星期天,我和几个年龄相仿的小伙伴,背着竹篓,带着麻袋,光着脚丫,朝着泛着金黄的山坡奔着、笑着……仿佛那些黄叶已被揽进了竹篓,装进了麻袋,进而成了我们渴望的本子、铅笔,甚至发间那朵闪动的蝴蝶结。那些曾经带给我憧憬、欢快的树,多年不见了,它也如眼前的树,从头慢慢老,慢慢黄,慢慢落下一片一片叶子吗?我忽略了。这些年,我忽略的又岂止一棵树呢?

雾渐渐淡去,淡去。风却大了,树顶那稀稀疏疏的黄叶,摇着,摇着,就落下了,落下了。黄叶堆积,满地憔悴。想起周作人评价废名文章的句子:"如一湾溪水,遇到一片草叶,都要抚摸一下,然后再汩汩向前流去。"废名远了,那带着欢快,带着体温的溪水也远了,唤谁给这伤心的落叶一个抚摸呢?

心涩涩的,像眼前的雾气,要滴下水来。慢慢移动玻璃门,不忍让自己的眼睛与落叶这般隔膜。

我静静地看着落叶,桃花吐蕊、燕子呢喃的时候,每一片都是树之骄叶吧?它们拼命吮吸阳光,养精蓄锐……第一声蝉鸣,叶子便回报树以绿荫,为树避风、挡雨、吸尘……月亮亏了又盈,盈了又亏。时光带走了它的旺盛,它衰了、黄了,于是,风起了……

黄叶片片随风而起,旋转,落下……落红有情,大树无意,任风肆意地狂卷,落叶像失魂落魄的孩子,惊恐着,逃散着,最后跌落在地……气息堵塞在喉:"人生只似风前絮,欢也零星,悲也零星,都作连江点点萍。"心头那缕雾化作水,滴了下来……

我从小喜欢叶黄,叶落。叶黄了,落了,收获的季节到了,可以有一段长长的时间不愁饥饿;可以上山捡橡栗,捋树叶,卖出橡栗、树叶,揣回来年的希望;可以一天一天扳着指头数日子,过年就近了……长大了,读了"风径学花飞上下,夜窗疑雨洒东西。满阶不听家僮扫,拟把新诗逐片题",落叶成了我眼中的活泼,成了美。每到叶落的季节,我总要带着学生行走在树林里,沐浴落叶雨,踏步黄金毯;捡一片落叶,拾一份诗意,藏一份浪漫。再后来,喜欢起龚自珍的"落红不是无情物,化作春泥更护花",落叶成了我心中无私、崇高的象征,我时时勉励自己做一片落叶,把青葱留给树,把红颜留给根。现在呵,我似一片落叶"翻飞未肯下,犹言惜故林",临近退休,纵有千般留恋,又奈时间何?树不留,风摧之,无限感慨萦心际……

转身欲去,只见树头的又一片黄叶离开了枝头,朝着我的窗台,带着"嚓——嚓"的声音,像童年的我朝着黄灿灿的山坡,飘着,飘着,挤进了我的窗户,落在一盆从未开放的昙花上。碧绿肥厚的叶子,受宠若惊,微微一颤,便接纳了落叶,也接纳了我的目光。碧绿肥厚的叶子在放大,放大……落叶在变小,变小……小如弹丸,弹丸又微微膨胀,像待放的花蕾。我仿佛看到了落叶的每一个细胞里都有一个新的生命在萌发,萌发,萌发成一朵别样的花……

刹那间,似有一缕幽香在肥厚碧绿的叶间浮动……

哦,落叶不止化作春泥。

天籁

窗外鸟鸣脆,惊醒梦中人。鸟,不知何时聚集到我的窗台,叽叽喳喳闹翻了,那个喋喋不休的劲儿,非把我叫起来不可。

无奈。起身,走近窗,掀开窗帘,一只鸟也不见。"咕——咕""叽——叽""啾——啾",鸟是躲在绿叶中偷乐呢。

我捡起花盆中的一颗鹅卵石,正要向树头掷去,"啾——啾——叽",手中的石头随声滑下。我的心被这清脆又微带奶气的声音俘虏了,进而沉浸其中。树上,这儿那儿,时而此起彼伏,时而和鸣。像是有无数双手拂过琴键:纤细柔弱的,有力刚劲的;敲击,滑过,摁下……"百啭千声随意移,山花红紫树高低"。

"知——知","咕——咕",一只鸟啼鸣,声音浑厚,气定神清,好像传达着什么信息。随即"叽——叽""啾——啾""喳——喳",一群鸟闹开了。它们是得到了喜讯,欢呼起来,声音从这儿响到那儿。

此时,我眼前闪过一个画面,一群坐着的孩子,唰地一下站起,迅速跑向教室外。"下课——"让他们欢呼雀跃,他们脚板带起的灰尘,让老师屏住了呼吸。于是这儿一撮,那儿一撮,叽叽喳喳,乐开了。这是我和我的小伙伴40多年前的下课剪影……

"噢——喔",听,一只鸟用高亢的声音呼唤着,一群鸟闻声齐鸣"叽——叽""啾——啾"欢蹦带跳,瞬间又安静无声。它们一定是听到了什么,屏声静气,瞪着惊奇的眼睛寻找秘密。沉寂片刻,"哎——吆吆吆",一声激起千鸟鸣,树上又是一片欢腾。

多变的鸟鸣声把我带到了遥远的村庄,村庄背靠青山,面朝绿竹,左携古井,右牵池塘。一伙光着脚丫的孩子,正在门前的池塘边玩老鹰捉小鸡的游戏。突然,从场地的一端跑来一个小伙伴,在"老鹰"的耳边说了一句悄悄话,"老鹰"放弃"小鸡",撒腿就跑。"母鸡""小鸡"也一起跟着跑,跑到邻居阿婆家门前停下。"老鹰"和"鸡"伸颈侧目,原来,阿婆家的姑姑带着女儿回来了。"老鹰"和"鸡"都惊喜不已,又害羞得不敢上前。你推我,我推你,小手抓着衣襟捏,目光不时地瞟着客人。

一会儿工夫,"鸡"群开始骚动,你撞我,我撞你,于是大家都会心地笑了——笑声中,便有一人大胆地走过去,拉住小女孩的手,往"鸡"群里钻,"鸡"们又叽叽喳喳散开了……

多么自然的情态,多么悦耳的声音。可惜,现在已难得一见了。现在的孩子见得多,社会的发展,带来了文明,又带走了多少纯真与美好啊。

鸟儿们仍在树上呼朋引伴,欢快地做着游戏,无拘无束……"叽——叽""咕——咕""啾——啾"——天籁声声。

银杏

嘈嘈切切、珠落玉盘,惊醒酣睡之人。听,窗外雨骤;想,园中的树、竹、草,仰俯、摇曳,相欢几何;盼,雨歇,饱餐秀色。

雨歇,我和夫君急切地去公园。

经过石门路,路边散落着很多淡青色的小球,定睛一看——银杏果。夜来风雨声,果落知多少。惋惜,无奈。

抬头望向银杏树。银杏树像茅盾笔下的白杨,笔直高大,一丈以内没有旁枝,枝丫也循规蹈矩,长短大致相等,粗细差距不大。一排树木从路的这端向那端延伸,看不到尽头。这是道旁树,不是我印象中的银杏树。

树上缀满了果实,青葡萄一般,推推搡搡,似有嬉闹声。夫君惊讶道:"怎么没见银杏开花就结果了?""没见银杏开花,就对了。你修炼不到,怎能看见?"其实,我也没见过银杏花。银杏花是夜间开放的,只有心系它的人才能一睹芳容。

春天,银杏的第一枚嫩芽跳入眼帘时,我暗暗发誓:今年一定要亲眼看看银杏开花。可惜的是,每到果实挂满枝头,才知道自己又错过了花事。不过,我见过开放在丝绸包里的银杏花。

那是四十多年前的一天,我和小妹到荒山野岭采茶。因山高、岭大、树密、不见日照,生长的山茶,叶厚、质嫩,做出的茶叶香气浓郁、香味醇厚,能卖出好价钱。可是,人们多半不去采,因为山里雾气大,怕迷失方向,走不出深山。

我和小妹为了攒学费,才冒险进山的。我俩正为眼前绿油油的野茶惊喜时,一股山雾野兽一般扑来……

我拉上小妹就向山下奔,幸好前面有条山溪。我从一本书上看过,山溪的出口就是山的出口。我们便顺着山溪逃,果真,在山溪出口处,看到了朦胧在雾气中的草房顶……再往前,看见了泥土墙。有救了!

草房子的门虚掩着,我伸出食指和中指,轻轻敲了敲,门微微开启,我看到了一位漂亮的婶婶。她一双弯弯的眼睛,笑吟吟的。"哎,哪来的两个姑娘,好大的脸,真漂亮!"我平生第一次听人这么夸我,心里乐开了花。至今还以脸大为荣呢。婶婶把我俩拉进家,忙着烧茶、炒瓜子……

我和小妹依门而坐。雾渐渐散去,屋前的树一棵棵走了出来。其中一棵树上缀满了果子,绿豆似的,挤挤挨挨,好奇特。我拉起小妹,走到树下。树不高,仰头能看到树顶。树枝婆娑,粗细不一,树上的叶子像一把把小扇子。大概是怕果子受热,在轻轻地扇着呢。我摘下一片,新奇。叶子的边缘是分开的,而到叶柄处又成一体。奇特的样子,让我想到了小妹和我:"小妹,你看,这叶子像不像你和我?你我虽不是亲生姐妹,但我俩有同一个家。"小妹接过叶子,翻来覆去地看,喃喃道:"下辈子,我俩就变成这种树吧。""这种树?这是什么树呢?"我抓耳挠腮。

"这是白果树。"说话间,婶婶已经端着茶和瓜子来到树下。"白果树?开花吗?"我好奇地问。"开。没有花,哪来的果?""好看吗?""好看。"婶婶说着把茶和瓜子放在我手上,便往屋里走。

一会儿,她捧着一个包裹走到树下,慢慢打开包裹,露出折叠整齐的红丝绸。婶婶小心翼翼地掀开红丝绸……哇,是刺绣,绣着银灰色的树枝,深青色的叶子,叶子边缘相离,叶柄合一,是白果树叶。枝与叶间是一枚绿色的穗子,形似桑葚。婶婶指着穗子说:"这就是白果树的花苞。"

她说着,又掀开一层。我看到树枝间的那穗子变成了半熟的高粱,橙黄色的,饱满殷实。穗子的四周用黄丝线绣了许多小圆点,我想那就是花粉吧。

第三层红丝绸上绣的是两颗并蒂的青色果子,和眼前树上的白果一模一样……我看得如痴如醉,伸出手想摸一摸,婶婶却快速地将红丝绸对折了,那动作,那神态,分明是怕我玷污了它。

自那一刻起,婶婶连同她绣的白果刻进了我的记忆。

知道"银杏"这个名词,是在电视剧《渴望》播出时。剧中的银杏树见证了主人公罗刚的情感历程,作为他内心渴望的载体写入《银杏树下》。银屏上的银杏树,干粗壮,枝婆娑,让我想起婶婶家门前的白果树,好惊！好喜！于是查资料,得知银杏又名白果,春天,叶绿似翡翠;秋天,叶黄胜金子。

银杏、《渴望》、刺绣、婶婶……不知怎的,一起走进我的心,揪着我,是痛？是怜？婶婶和白果亦如罗刚和银杏吗？

我拨通家里的电话,向妈妈问起深山里的那位婶婶……原来,婶婶的丈夫新婚不久,进山伐木,一去不归。婶婶从二十几岁守寡至今……

听着妈妈的讲述,我的眼睛模糊了,泪眼中又看见深山茅屋前的那棵银杏,看见婶婶绣的银杏枝,银杏花,并蒂银杏果。"风韵雍容未甚都,尊前柑橘可为奴。谁怜流落江湖上,玉骨冰肌未肯枯……"婶婶不就是李清照笔下的银杏吗？玉骨冰肌只为爱,孤寂不枯缘是情。

一晃,四十多年了,不知婶婶是否仍健在。我相信,深山茅屋前的那棵银杏,一定会硕果累累;那些绣在红丝绸上的银杏叶、银杏花、银杏果,一定还鲜艳如初。

捡起地上青色的银杏,轻轻剥开,一瓣与他,一瓣与我……

文竹

　　冬是怀旧的季节,弥漫着雾的冬日,更易撩起人的情思。

　　漫步于街,一切是那么的喧嚣,又是那么的寂静。不自觉来到一家花店——天地缘花店。多好的店名啊!

　　店里的绿植鲜花,大概也是千年修来的缘分,在这寂寥的冬天,温暖一室,做着绿肥红瘦的梦。绿植葳蕤,花更是妩媚可人。"泣露光偏乱,含风影自斜。"蝴蝶兰润洁轻盈,玉舌微卷,叫人心生怜爱。"杜鹃花发杜鹃啼,似血如朱一抹齐。"一盆盆殷红如血的杜鹃,让春的和鸣在耳畔响起。心怦怦的,又慢慢平静。这般娇宠、妖艳的花,终不属于我。

　　走近绿植,亦如走进夏天。枝肥壮,叶浓绿,挤得出浆,掐得出水……像刚出月子的乳娘,丰腴之至。可是,它们与我似隔着什么,至少,入不了我此时的心境。

　　转身欲去,店角处一盆绿植拉住了我——翠羽柔枝,如云,如雾……恰似一束光反射过来,带着体温。眼暖暖的,心暖暖的。忧郁的冬日,在温馨的花店与文竹邂逅,心晴朗了。

　　我即呼店主人,付了款,带着文竹回家。

　　记不起,这是第几次买文竹了。每每都是兴致勃勃地买回,又心痛如绞地失去——

第一次买文竹,我还不到20岁。陪朋友一起逛县城,城中遇一小花市,花市有花草鸟鱼。朋友付出3元钱换得一盆花。我舍不得花3元钱,挑来拣去,最终看到了1元一盆的。向老板咨询,得知那盆盘根错节、蓬头垢面的植物叫文竹。仔细一看,植物是丛生的,每一根茎都有若干节,节上生枝,枝上生叶,与竹子相似。每根茎,每条枝,每片叶都斯斯文文。文竹,名副其实。我对它有了好感。老板兴许看出了我的心思,又介绍文竹的奇特功效:能分泌出杀灭细菌的气体,预防感冒、风寒。还真是价廉物美。我爽快地把1元纸币放在老板手里,端走了文竹。

从没养过花草的我,担心养不活,又到新华书店,狠心花了2.3元买了一本《家庭养花500题》。崇尚知识的年龄,一切都照着书上办。白天把文竹放在通风处,夜晚把它搁置在露台上。知识的引领,加之我的精心呵护,文竹一天天变绿,一天天拔节。纤细的枝干撑起蓬,蝉羽般的叶子伸展如掌。

白天,静坐书桌前,打开书,轻启窗,清风徐徐,文竹摇曳,柔绿添香,简陋的居所清芬馥郁;夜晚,凭窗而立,清辉弥散,文竹疏影微移,夜在静谧中又多了几分遐思。

也许是文竹过于美丽,遭天嫉妒;也许是我太俗,不配这份清芬高雅。盛夏的一个夜晚,骤雨狂风掀翻了花盆……在我最忘情的时候,文竹离开了我。

第二次养文竹,是近而立的年龄。刚离开故乡来到肥西桃花中学,我住在旧教室里。面对满屋的荸荠红感到单调、压抑,我便拖着爱人到花市买花。在花市转了小半天,我还是买回一盆文竹。大概是因了一个"竹"字吧。

我的老家在山里,遍山及岭都是竹子,春天一到,竹根处鼓出大大小小的包,一枚枚新笋亟待破土。我们急吼吼地等着挖竹笋,捡笋衣。夏天的大山是多情的,常常东边日出西边雨。每每这时,我们一群穿开裆裤的娃娃就疯到山冈,对着河东的一片竹林叫喊:"出降(虹)了!出降(虹)了!"神奇的是,在我们的叫喊声中,一弯彩虹就从竹林中喷薄而出,射到半天空……于是,我们的叫声更响,更亮!冬天的大山是美丽的。雪一下就是十来天,山舞银蛇,河塘成镜。竹叶白了,竹枝白了,竹竿也白了……它慢慢低下头,弯下腰,就在它气喘呼呼的时候,奇迹出现了——竹林里这儿那儿,露出了灰色的房顶,升起了灰色的炊烟……一幅泼墨画泼在山山岭岭,村村寨寨。

竹林、竹子给了我最初的美的启迪,开启了我最初的想象,是我童年的故乡,故乡的童年。

买回文竹,把它放在铺了白纱的圆形小桌子上。绿一落脚,满屋温馨。

上完一天的课,人累了,四周也累了,没有声响,没有光亮。我俩无处可去,便围桌而坐,摆上棋,拧开灯,橘黄的灯光把文竹的影子投在棋盘上,斑斑驳驳。将棋子放在棋盘的那一刻,仿佛将宝贝藏入荆条藤蔓中……儿时游戏的快乐一一袭来,乐得我失声大笑。每当这时,对面的他便成了丈二和尚。

殊不知,一天晨起,发现放在走廊上的文竹毁了:根折,枝断,叶落……经调查,是几个无知的孩子所为。因为我上课批评了他们。可怜的文竹因我的"错误"受了牵连,遭了劫。以后好多年,我不再养文竹。

近来几年,总时不时想起文竹,心心念念。三番五次地买文竹。不知是水土变了,还是文竹变了,每次买回家,活不过半年,就夭折了……尽管如此,还是难断我的念想。

把文竹放上木质花架,我想起了一句诗"清芬文静姿容雅,冷暖阴晴色一同"。恋文竹,无论阴晴冷暖。

喷泉

清晨，沏一杯茶，走向阳台。初冬的阳光暖暖地笼着，花草被宠得忘了季节。幸福树把一年积蓄的绿都拿了出来，在阳光下晒着，幸福可掬；蟹爪兰不知什么时候做了美甲，一爪爪搭在盆沿，美甲鼓饱饱地翘着，仿佛一眨眼，就满盆春天了；长寿花，挺着高挑的个子，头顶一朵玫红，比太阳还暖……楼下，绿色成堆，一棵棵树，一片片叶子，都在暖阳里伸着懒腰。纤弱的斑竹，银亮的雪松，墨绿的香樟……在我的俯视中都成了绽放的花，一朵朵，一团团，一片片……

这些植物走出小区，越过马路，站到翡翠湖旁，便分不清种类，辨不出枝叶，成了峰，成了峦。峰峦淹没了路，淹没了桥，车辆成了过山车，在峰峦中钻来钻去，叫人生出许多的想象。翡翠湖像一块碧玉，静静地沉睡在峰峦的怀中，峰峦将其勾勒，尽显屈曲妩媚。忽而，喷泉似游龙，从湖里腾起，直冲云霄，水雾弥漫，浮在湖的上空，像撒出的网，又像乌桕树的叶子，沉浮，翻转……

我不是画家，但我懂得美是点、线、面恰到好处的组合。此时，喷泉无疑是我视野平面上的那根举足轻重的线，生动了周围的一切，湖醒了，楼俊了，绿树形成的峰峦憨厚了……

也许是羞于天的蔚蓝，也许是故意同白云嬉戏，喷泉在触及云天的一瞬，猛地倾斜，倾斜成旗——银旗，舞动着。水柱便成了旗杆。风的助兴，旗子喜出望外,绕着旗杆舞,舞着,舞着,旗子消失了,旗杆粗壮了,成了擎天冰柱,立于湖,擎着天;兴许是冰柱离太阳近了,柱顶渐渐融化,像蜡烛流泪,形成一座冰雕。一双无形的手在冰雕上凿刻,冰屑四溅,折射着太阳的光,景致便在光里朦胧了。

　　朦胧中出现一座不大的四合院校舍,坐北朝南,南面是田野,北面也是田野。一条小溪从田野中穿过,为四合院唱着欢快的歌。四合院西北角的一间房子是办公室,矮矮的,开了一扇门,四扇窗子,北面正中放着一张八仙桌,因桌腿磨损不一,三条桌腿下垫了砖头。桌上放一台12英寸的黑白电视机。六张办公桌在八仙桌两边一字摆开。这里便是我活动的主要场所,改作业、备课、与学生谈心。

　　一天晚上,我改完作业,备好课,便打开了电视。电视里,一股水流从地上冒出,直冲云天,在顶端开出了喇叭花,水从花心喷出,源源不断……18岁的我,在山区一所小学,第一次见到喷泉。惊艳,震撼!喷泉的神奇美妙触动了我的心,也击垮了我心中的骄傲:曾以为师范学校所在的县城就是整个世界,此时,才知道自己视野的狭小。于是,我憧憬起外面的精彩,憧憬能见到真实的喷泉。我开始读书、自考,日子在诗词歌赋里婉约,时光在经典中温柔,生活在婉约温柔中改变。1989年初秋,我来到了合肥工作,看到了山里没有的许许多多,见到了真实的喷泉。

　　1995年国庆,明珠广场首次开启喷泉,我激动不已,一早起来顾不得吃饭,和爱人带着5岁的儿子,就往明珠广场赶。谁知广场入口处已人山人海,售票处排了长长的队。爱人放下背上的儿子去买票。我和儿子站在入口处等,见一拨一拨人持票而进,我急得团团转,唯恐人满拒入。好久,爱人气喘吁吁地跑过来,把两张票往我手里一塞:"快,快进去。找个靠近的地方,给儿子多拍几张照片。我就不进去了。"说着把我们娘俩推进了门,自己却站在门外……

　　得知明珠广场开喷泉的消息,数他最激动,滔滔不绝地和儿子讲喷泉的原理,讲声控喷泉,讲音乐喷泉,还特意向同学借了照相机……怎能不进去呢?我看了看票价:5元。我明白了,5元钱是我们仨一天的生活费。我的心一阵酸楚。真实的喷泉就在眼前,我却激动不起来,遗憾慢慢涌上心头。

1998年,芜湖之旅弥补了我的遗憾。我本科自考进入了论文答辩阶段,答辩在主考学校安徽师范大学。我犯怵了,芜湖对于我是天边,一次没去过。自接到通知,我就忐忑不安。去芜湖的前一天晚上,我在书房准备答辩材料,爱人走进来:"别看书了,看这个。"我一抬头,看到他手里崭新的照相机。"哪弄来的?"我惊讶地问。"买的。你不是要去芜湖吗,我和儿子也沾沾光,跟你一道游芜湖。去芜湖不能不看长江大桥,看长江大桥不能不拍照呀。"爱人得意扬扬。我知道他在撒谎。他正在参加数学青浦经验教改,常常忙得通宵达旦,哪有时间去玩。他是怕我一个人出远门,心里胆怯,影响答辩,特意陪我的。就这样,我们仨一起去了芜湖。

仲夏的芜湖,温润,凉爽。夜幕降临,镜湖旁中山路步行街灯火辉煌,我们仨漫步于街,远远听到轻快的音乐声,循着乐声而去,眼前出现了仙境,光、影、声的仙境。幽蓝的光柱,环成一个光台,灯光忽明忽暗,忽左忽右,忽上忽下,梦幻一般,伴着音乐的变化,光柱变幻着色彩:幽蓝,暗紫,雅黄……每一根光柱都在喷水,每一个喷嘴都曲声悠扬,每一个音符都飞溅着水花……音乐彩色喷泉!儿子乐得手舞足蹈,猴一般钻进了水花里。我不知是兴奋,还是为了保护儿子,也钻了进去。沐浴着喷泉的清凉,感受着异地风情,心说不出的大,大得要挤出胸腔。喷泉,温柔了我的旅程。这份温柔让我拿到了论文答辩的好成绩。

我跟着记忆在过往中走,眼前朗润了,不知何方神圣在冰雕底座使了魔力,冰雕蓦然坍塌,化成了水,融进了湖……氤氲的水汽一点点散尽,翡翠湖更加清秀了,惹得楼宇、峰峦都钻进了湖里,生出海市蜃楼,生出童话,生出无尽的情愫——一柱喷泉,"半亩方塘",天光云影,人情岁月,温柔着我的时光。

我收回目光,呷一口清茗,守候明天的清晨……

雪

一场大雪热闹了朋友圈。美图似雪片纷纷扬扬。受美的感染,我戴帽、披氅、套靴,去看雪。

刚出门,我便疑心自己走错了地方。雪模糊了建筑物的高低,模糊了小区的豪华与简陋,也模糊了路与路的界限。雪花如席,茫茫一片。

走在雪中,心静了,空了。什么也不想,抑或什么也来不及想,每一处雪景都叫人惊艳!

树是雪最美的杰作。瞧,常绿树失去了平日的矜持。侧身顾盼,低首含胸,解散发髻……由于树叶的宽窄不同,大小不同,下垂的姿势不同,呈现的雪景也不同。真乃风情万种,尽显娇媚。

走近灌木丛,就像走进了水晶灯的世界:圆形的叶子托着厚厚的雪,像精致的吸顶灯;心形的叶子将雪塑成了桃,微微翘着,似壁挂灯;一些小而尖的叶子被雪裹着,有规律地下垂着,似殿里豪华的吊灯……无论哪一种灯,都透着白炽的光,叫你睁不开眼。也有特别薄、特别尖的叶子,上面一片雪花都没有,它们是叶子中的赤子,单纯得不求拥有,光洁,碧绿,在水晶宫中微笑。更有零星的红叶在雪中半掩半露,挑逗着彼此,挑逗着行人,只叫人心痒痒,手痒痒。凝视它的同时,我在问自己:美,是精神的还是物质的呢?

落叶树披着雪,如雾凇,似雪柳。时而打个颤,雪屑纷纷,叫人听见玉碎落地的声音。雪包裹着每一根枝,每一个丫,每一瓣含苞待放的芽……于是,枝枝、丫丫、芽芽都清晰可数。粗糙的树,被雪装点得冰清玉洁。人如能像雪,不计成本地付出,还有什么不可改变呢?

雪中,偶尔会遇见梅花。说不出,是雪映衬了梅,还是梅装点了雪,非一个"俏"字所能概括。蜡梅,乖巧地藏在雪中,花瓣露出点尖儿,似雀舌,叫人听见婉转的鸟鸣。一瓣一瓣攒在一起,如少女含情回眸,娇羞得很。红梅呢,仿佛早就和雪私定了终身,将生来储蓄的美一下子绽放出来。做了雪的新娘,娇艳风骚,火辣辣地吻着雪,雪便一点点融化,注入了红梅的肌肤。

湖也是雪得意的作品。厚厚的雪像一床大棉被,环湖而铺,湖便没有了岸,就那么清汪汪地沉着,沉着。少了一份浮躁,多了一份安静。湖的曲线在雪的丹青妙笔下显得起伏有致,像一位侧身哺乳的年轻妈妈,饱满中又有着母性的温暖。

目光在湖面上匍匐,与尽头的一个身影撞上了,是柳宗元还是张志和?我揉了揉眼睛——一个垂钓者,个头不高,一身黑色衣服,戴着老头帽,围着围巾。本以为"独钓寒江雪"只是诗,不想还真是生活。

我隔湖望着钓者,他始终没有提竿,是鱼没上钩,还是他沉醉在一种境界里忘了所求呢?他静静地垂钓,我静静地观赏,他敦实微胖的身影让我想起了父亲。

大概是我上初三那年吧。傍晚,下起了雪。我顶着雪跑回家,进门和母亲撞了个满怀。"快,把蓑衣送到河湾,你爸在洗葛粉呢。"我接过母亲手中的蓑衣、斗笠,又走进雪中……

山里的雪,亦如山里的人,慷慨大方。眨眼间,地上已是厚厚的一层了。站在山冈看河湾,河床成了水墨画。大大小小的白,高高低低的白,长长圆圆的白……褐色丝带将其缠绕,丝带一会儿粗,一会儿细,看得我忘记了一切。直到寒冷惊醒我,我才想起手中的蓑衣、斗笠。我跌跌撞撞来到父亲面前,父亲头上白了,身上白了,脚上也白了。眉毛上、胡须上都是雪,我眼睛涩涩的……但很快我又忘记了。直到40年后的2018年2月4日,我再一次想起——

大雪下了四五天,天地间银装素裹,洁白,但带着哀伤。我的父亲走了,走进了雪里。悲痛中,我想起了40年前的那场雪,那道河湾,那个父亲——站在雪地里,低着头,弯着腰,双手不停地忙碌……或许,这就是父亲一生的缩影。

我慢慢走向垂钓者。"老哥,大雪天能钓到鱼吗?"他纹丝不动,一定是耳朵捂得太紧,没听见。"老……"我刚张口,他说话了:"能不能钓到鱼无所谓,享受这份清雅,足矣!"语调沉郁,语速缓慢。"这样冷的天你立着不动,会冻伤身体的。""哈哈,即使雪中死,做鬼也圣洁啊。"

老哥的话虽有点文艺,于我,倒是醍醐灌顶。母亲先于父亲17年走的。母亲走时,雪下得很大,很大。母亲的灵柩是枣红色的,抬到后山,竟成了白色的。17年后,父亲又在大雪天走了。父亲、母亲一辈子为人正直,悲悯,善良。他们走在雪天,魂归纯洁,得以永恒。

雪还在下,一团一团往下落,落在我的眼里、心里……

筛时光

风一阵，雨一阵，拍打着窗。我索性起床，拉开窗。雨，扑了过来。经过窗纱，扑我一脸。很快，窗台上、书上都是雨。细雨应识字，读书透纸张。书上的雨点均匀、稠密，湿洇着。晕开了，周围起了皱，有立体感，活像一把把小筛子，文字成了筛眼，瞪着我——

儿时的我，常扒在筛子上，与筛子比眼睛。那是一张圆圆的大筛子，眼也很大。我的眼睛比筛子眼睛小。但石子比筛子眼睛大，总也逃不过筛子眼。

这种筛子是用来筛火粪的。初秋微雨是种麦子的好时辰，家家户户都筛火粪、种麦子。门前场地上，三哥、四哥抬着筛子，父亲一锹一锹把火粪铲进筛子。筛子在俩哥哥手中来回地荡着，粪土从筛眼漏下，细软如粉，黑亮如油。筛上，没有燃尽的树枝、没有拍碎的沙子瞪着筛子眼，有话说不出。父亲弯下腰，抓起一把火粪，攥捏着，仿佛攥捏着谷物，一脸笑意。

雨大了，上不了工。父亲和哥哥们在天井一旁搓绳子，打草鞋。母亲和嫂子架起磨子，开始磨面。母亲通常站在靠天井的一边，她一手扶着磨担，一手握着竹耙。竹耙是竹枝做的，细长细长的。末梢弯曲成钩。母亲用它把磨膛里的玉米或麦子，一粒粒扒进磨眼。这可是技术活，扒多了，磨的面粗；扒少了，不仅浪费力气，还损伤磨子。只有母亲能让磨膛里的谷物学乖，按照主人的意愿进入磨眼。磨子转动，白花花的面粉顺着磨盘往下撒，下雪似的。

我觉得很神奇,吵着要拉磨。母亲把手移了移,让给我一点位置。我把着磨担,可总合不上母亲的节奏,被拽得伸脖子、撅屁股,只得站到一边。

谷物磨好了,母亲就支起簸箕,拿出筛子,把磨好的面过筛。筛面的筛子小巧,圆滑,眼儿细密。母亲双手把着筛子,手腕轻轻一扭动,面粉便攒向筛心,边攒边从筛眼纷纷撒下,像天井中的雨,一丝丝,一线线。丝丝线线,织成了帘。面帘,雨帘,相映成趣。屋内活泛起来了,像上映着电影。每每这时,母亲总是笑意盈盈。于是,我常常盼下雨,盼筛……

我虔诚地托起双手,雨落掌心,如火粪,如面粉……我心心念念,念筛,念有筛的时光。

午后,雨过天晴。我捧上一本书,躺在飘窗下的榻榻米上,阳光照了进来,舔着我。阳光和雨一样,射出是线,落下是点。我真切地感到皮肤上的温暖成点状,在跳跃。我向来只在意它的热和光,忽略了它的形状。风凑热闹,也从纱窗钻进来,和阳光一起,为我按摩,指法轻柔。书经不起温情,羞红了脸,橘红橘红的。文字在橘红中飘忽——

飘忽中,我看到了三毛。她和荷西坐在海边迎接新年,三毛在胸前合拢双手许下心愿"但愿人长久"。可许愿的人终被那双温暖的大手松开……

翻过忧伤,我看到了龙应台。她和儿子华飞正漫步在克伦威尔大道上。母子俩聊脚下的土地,聊土地上的骄子拜伦,聊《唐璜》,聊歌德,聊《少年维特之烦恼》……血脉相融里注入同一兴趣爱好,生成的新物质就是幸福吧。

读着美好,我听见了林清玄的心声:清静寺院里的师父都要昼夜清洁自己的内心世界,居住在五浊尘世的我们,不是更应该磨洗自己的心吗?此时的他正盘腿而坐,在倾听法师解读木鱼之眼。"木鱼是不闭眼睛的,昼夜长醒,就是叫修行的人,志心于道,昼夜长醒。"

我闭上眼,清洁自己的内心。忽而,听见母亲在山冈上呼唤我。我朝着母亲奔,上气不接下气……醒了。

那时,我七岁。和我一起玩的小朋友都上学了。我的两个哥哥也上学了。父亲说供不起三个人读书,我只能留在家里,孤零零的。

一天,我正在池塘边看蛇戏青蛙,听见母亲喊我,我循声望去,母亲站在远处的山冈上。我心一惊,橡子豆腐没卖出去吗?为了贴补生活,母亲上山捡回橡子,去壳,浸泡,磨粉,做成橡子豆腐到修路工地上卖。有时,工地上卖不出去,就要到很远很远的集镇卖。这样的时候,我就要为母亲做伴。我向母亲跑去,母亲也向我跑来。与我相隔两三步距离,母亲一下子甩了空竹篮,从衣襟里掏出一本小人书塞在我手里……她嘴唇颤动,却没发出声音,双手不停地捋着我稀少的头发……

这本小人书,赶走了我的孤独,培养了我的兴趣,某种程度上决定了我的性格。我喜欢一个人独处,喜欢看书,喜欢用一本本书编织孤独,在孤独中狂欢。退休后,我的多半时光都给了书,给了这扇窗。

晚上,锻炼回来,不急着冲澡,先到窗下。推开玻璃窗,窗纱将月光筛了一室,清澈如水。窗外的乌桕树投映在水中,疏影横斜。叶子在水上荡着,小船一般,叫人听见艄公的号子。

我第一次坐船,是在四五岁。因感染了疟疾,我高烧不退。母亲带我到二十里开外的地方求医。中途有段水路,要坐船。母亲背着我早早来到码头。太阳一竹竿子高了,才听见船工的号子。船也依稀可见了,坐满了人。不知是人多,还是船工看出我得了疟疾,怕传染。船快到码头时,他突然加快了摇桨的速度。眼看船就要从我们身边溜走,母亲扑通一声跪在了地上……

我们上了船,却进不了船舱。母亲坐在船头,紧紧搂着我。早春的风携着浪花,裹着凉意,扑着我们。母亲蜷起身子护着我,牙齿抖得咯咯响……一会儿,有雨滴滴在我的脸上。抬眼看,雾水凝成的水珠,正一粒粒从母亲的发丝滑下,湿了母亲的头发和衣衫,也湿了我的心。

……

飘窗,将时光筛了一室,斑斑驳驳。昨天和今天,相离又相连,相近又相远。亦如筛上面的和筛底下的,一个粗糙,一个细软。

读着一室时光,我流泪了。晶莹的泪光中,我又看到了父亲、母亲,看到了晃悠的筛……

炒锅

大概是铁器价廉,多数人家都用铁炒锅。

我第一次认识锅,就是老家土灶台上那两口锅。用来煮饭、蒸馒头的那一口大一点,锅口直径足有二尺多。用来炒菜的那口锅小一点,锅口直径在一尺半左右。这两口锅盛着我幼年的所有希望——吃,喝。

由于烧柴,时间长了,锅底便结上一层厚厚的锅烟。母亲常把锅从灶台上取下,靠在灶台旁,一手扶锅,一手拿铁铲,一层一层,铲去锅烟。地上渐渐积起厚厚的烟尘,锅底渐渐呈现出本色。

生铁铸造的物什,容易断裂。我曾见过母亲把锅铲裂。裂了,便将牙膏袋内层洗净,擦干,用火烧。这时,牙膏袋中的锡便熔化了。锡水滴在裂缝上凝成雨点状,瞬间就干了,不影响当天烧饭炒菜。时间长了会渗水,灶膛里的火便烧不旺,用母亲的话说,煮饭炒菜就是受罪。但只能将就着用。到了年关,在母亲的一再央求下,父亲便到供销社买一口锅,用头顶回来。

就这样劣质的锅,过年时,却能蒸出白胖胖的馒头、香喷喷的米粉肉。平时,锅几乎不沾油,但也未见锅煳过。不知母亲用什么妙计征服了它。

我成家了,告别了土砌的灶台。烧饭用电饭锅,炒菜用炒锅,也许是熟铁锻压的原因,炒锅很耐用,一口炒锅一用就是 10 多年。

2010 年,上大二的儿子暑假回来,下厨为我们做菜,做了几次菜,嫌弃炒锅单薄,好煳,油烟重,便花840元买了一款苏泊尔加厚不粘锅。这款锅确实好:炒菜,油烟少;红烧菜,受热慢,入味透;尤其是煎豆腐、炒蛋,干净利落,不用洗。不过推前拉后颠锅就不容易了,不是一般的腕力能对付的。但,我仍然喜欢。

我这个人统筹观念强,喜欢一时做多事,一边烧菜,一边上网、看书或拖地。可我忘性又大,几次将菜烧煳却不知,炒锅里的一层不粘膜全毁了。炒肉,炒蛋,煎豆腐,和先前那口锅一样,粘,煳。一气之下扔了。

为了防止悲剧重演,我花200元买了一款普通炒锅。便宜无好货,买时心喜,用时心烦,比起加厚苏泊尔差远了。煎留痕,炒烙印,煮起纹……每烧一样菜就要彻底清洗,我对它渐渐产生了厌倦。再烧一次就扔吧。

心里这样想,手下便无顾忌。打开灶头,倒上食用油,将切好的白豆腐干往锅里一倒,便用铁铲炒起来,"嚓——嚓——嚓",随着铁铲的翻炒,锅壁粘满了豆腐干痕迹。速度放慢,痕迹越发清晰:杂乱而有章,像一片片巴根草,顽皮地扒在锅上,伸着懒腰,交头接耳……又像月光拂过梅枝,斑斑驳驳,一锅的遐想,想着,想着,便有了梅香。炒锅上的豆腐干痕迹不再令人讨厌,却给我一种美的享受。

我停下手中的铁铲,静静地看着这些巴根草由白到灰,再到黄,仿佛演绎着季节的更替,我若有所思……

有了这次体验,煎豆腐,我不再马虎。我将豆腐切成一寸见方的块,放进油锅里,用铁铲轻拍两下,翻起。炒锅底出现一方"印章",应该是甲骨文的。印章的边缘有着花纹,像牛皮纸浸水后的杰作。当一锅豆腐块都被铲起时,铁青色的背景,土黄色的"印章",加上散落其间的金黄色的豆腐屑,一幅大气奢华的印章图便出现在眼前。

我想,凡·高的《向日葵》或许是受生活中非向日葵事物的启发,才会画得那样艳丽华美而又有几分俗气。

如果有一人,既是画家,又爱烹饪,那么炒锅上的艺术一定会启发他(她)创作的灵感,创作出绝世佳作。

忽而,我又想起母亲。她一个大字不识,说出的话却多有哲理。"命就像脑颈窝子一撮毛,摸到看不见。""眼是孬种,手是好汉。""吃得眼前亏,方有后来福。"……她的这些道理是不是从一日三餐的炒、煎、烧中获得的呢?

炒锅,价廉,价不廉。

棒槌声声

"嘣——嘣"棒槌声起,妈妈掀起了我的被子:"起来,起来,都什么时候了?"我惊恐地坐起,揉揉惺忪的眼睛,见身旁的他紧闭眼,微张嘴,酣睡如痴。原来是梦。

我抱着枕头,回味着梦境,想念着妈妈……楼下真个传来"嘣——嘣"的声音。梦境与现实,此时浑然一体,分不清彼此。是棒槌声进入了我的梦,还是我的梦邀来了棒槌声呢?

"嘣——嘣"一声接着一声,沉闷而有力。我仿佛看到了粗壮高大的浣衣女,甚至看到她忧郁的脸。

"玉户帘中卷不去,捣衣砧上拂还来。"我想,张若虚笔下的捣衣砧,若发出声音,应当是"咚——咚"的乐音吧。能配"玉户帘"的棒槌,应当是樟木或橡木的,因质地坚硬,一槌下去,发出的声音是清脆干净的;浣衣的思妇幽怨惆怅,手在洗衣,心在思念夫君,神情恍惚,有气无力,棒槌举得很低,落下的声音应该是轻而有韵,闷而不沉。

棒槌和女人是有渊源的。且不说古诗中棒槌的思愁意象,就说生活中的棒槌,那也和女人有割不断的联系。

记得在老家,姑娘出嫁,棒槌是嫁妆之一。棒槌的质地、形状根据陪嫁人的品位而有所不同。殷实讲究的人家会选上乘的樟木或橡木,请专门的匠师精削,细凿,反复抛光,做成鲤鱼模样,用清漆漆刷。再在鲤鱼的尾椎处钻直径约一厘米的孔,将铜环镶嵌其中。一根红丝绳穿孔而过,系成蝴蝶结,给鲤鱼平添一分喜气。鲤鱼通体泛着光,似乎一放入水里,就会"叭——叭"摆着尾巴游走。

设想,晴好的早晨,阳光爬上山峦,跌在小溪里,小溪流淌着金子,灿灿的。一个初嫁娘,髻鬟始掠,面带娇羞,俯身溪边,将衣衫轻轻一抖,落入溪里,碎了一溪金子,继而,一手握着棒槌,一手拂弄绫罗绸缎,"咚——嚓""咚——嚓"……溪边柳树上,鸟儿和鸣"叽叽喳喳"……天籁合奏,该是怎样的一种意境美呢?

一般的人家,随意捡一截木头,抡起斧子砍几下,修一修,便了事。嫁娘手上的棒槌表露了家境的殷实与贫寒,彰显着家人的讲究与随便。

我家算不得殷实,我出嫁时,父母已过花甲之年,嫁妆都是哥哥嫂子一样一样凑齐的。母亲把她当年陪嫁的首饰给了我,算作嫁妆。父亲没的给,便亲手给我做了棒槌。

一个阴雨的日子,父亲不出工,便为我做棒槌。他在堆积如山的木料中翻来找去,找出一截老辣的檀木。量、画、锯、削、凿……做成后,又用桐油油、清漆漆。油漆干后,郑重地放入陪嫁的箱子里。至今我还清楚地记得,父亲放棒槌那一刻,神情是凝重的,似有歉意,又似是嘱托……

可见,棒槌就是新嫁娘的身价。

老家还有一句俗话:进屋看锅前,出门看棒槌。能干、勤劳、手巧的女人,总是把锅前灶后料理得清清爽爽:木制的锅盖抹得泛白,老布的抹布洗得透亮。锅前是女人的名片,棒槌是女人的标签。只要看一眼女人手中的棒槌,就知道这个女人能不能立事。有的女人,手中的棒槌还是半新,棒槌一落下,衣服上就留下木屑的斑痕;有的女人,手中的棒槌用旧了,变了形,但光泽不减。前一种女人一定懒散,后一种女人一定细心严谨。因为,棒槌形似鱼,懒散的女人用完了随处丢,棒槌上的水沥不干,沉入"鱼腹",久而久之,"鱼腹"部便腐烂了;细心严谨的女人,用完棒槌便挂起来,或靠着墙壁竖起来,透风沥水,棒槌越用越光亮。

棒槌还张扬着一个女人的勤奋。山村的早晨是鸡和棒槌报晓的。一阵鸡鸣过后，清晨又沉入寂静。这时，古井旁、石桥边便传来"咚""咚""咚"或"砰""砰""砰"的棒槌声。凭着声音传来的方向，人们就知道哪家女人早起。女人手中衣服的质地、洗衣时的心情以及用手拂衣的情态都会被棒槌声诠释得一清二楚。

二十九年前，我住在学校院子的东南角，一个院子里有十几户教师，每天早晨总是东南角第一个响起棒槌声。随之，这儿那儿"咚——咚""乓——乓""砰——砰"的棒槌声此起彼伏，和着枝头的鸟鸣，奏起了校园最美的晨曲。女教师们生活的节奏、仪表的光鲜以及工作的激情都融入了晨曲中……

现在，住上了楼房，用上了洗衣机，槌棒也无用武之地了。我置之于高阁，视之为珠宝，常抚之、思之，一种厚重感涌上心头。

"嘣——嘣"楼下棒槌声声，或抑郁，或无奈，或厌倦，于我都是一种亲切，梦境的亲切，故乡的亲切，曾经的亲切……

火塘记忆

已是四九。俗话说:"三九四九冰上走。"今年的冬天阴多晴少,待在家里如置身冰窖,寒气顺着裤管往上蹿,直至全身发抖。可我仍不愿开空调。空调太计较了,给你温暖的同时,摄取你身上的水分。每当这个时候,我就怀念起童年,怀念起老家的火塘。

在灶房靠墙壁的地上挖个坑,一尺来深,或方,或圆,或不规则,四周内砌上砖石,中间烧柴,取暖,即火塘。百度中是有详细解释的。可见童年取暖的火塘还是非物质文化遗产呢。

老家的火塘是正方形的,火塘正中的上方从屋梁垂下一根铁链,铁链一端挂着铁钩,铁钩上挂着吊罐。吊罐是铁质的,可以烧水,炖肉,煮蛋……火塘里烧的柴多半是从土里刨出的根蔸。一是因为根蔸盘虬怪状,灶膛烧不了;二是根蔸老辣,耐烧。

冬天的早晨,我总是一翻下床,便提着裤子、趿着鞋、抱着衣服往火塘跑。火塘里的火烧得红红的,坐在火塘边穿衣,衣服没穿好,脸就发烫了。

有时起早了,火塘的火刚刚生着,只见大人把一个大根蔸扣在生着的火上。根蔸上的根须就像头发一样,见火便着,"滋——滋"便烧到了"头皮",进而烧到"血肉"。我常常看着发呆,火塘上的根蔸恰似一头奇形怪状的野兽,四肢伸展,骑在火上,一动不动,一任火苗燎去它的"发",伸进它的"腹"中,烧焦它的"皮",烧散它的"骨"。也见根蔸疼得流汗的,一滴滴汗珠从根蔸的表皮渗出,滴落在火塘里,火塘里的灰便现出浅浅的小窝。也见根蔸被烧得流油的,根蔸的这儿那儿有着深色的疤结,火苗一蹿上,便"呲——呲"地流下液体,液体落火便着,伴有轻微的爆炸声和浓浓的木香味。我常因看得入迷,忘了穿衣,被大人训斥,却不知悔改。

火塘给了我幼小的想象,满足了我幼小的渴望。

大雪封了门,大人们被困在家里,围着火塘,做针线的做针线,谈农事的谈农事,或张家长李家短地闲聊。我便溜到外面玩雪。从雪堆里抽出竹枝,抖去上面的积雪,光溜溜的,再插入雪中,用两个酒盅装满雪,对准竹枝的枝条,用力挤压,一个饱满的雪桃就结在了竹枝上。再从门上撕下对联纸,轻轻包住雪桃。等竹枝结满雪桃时,揭去对联纸。刹那间,一树微微泛红的"桃子"便出现在眼前。我手舞足蹈,仿佛真的嗅到了桃子的香甜。看看双手已冻成了红虾子,于是我便跑回家,跑向火塘。

父亲和母亲挨着坐在火塘边,他们微红着脸。母亲神情慈祥,像奶奶。父亲神情平静,像年画上的神。我断定此时不会遭到训斥,便往他们中间挤。这时,父亲或母亲便伸手握着我的手,一边搓一边伸近火塘……我的手暖了,心也暖了。其实,冒雪在外面忙活,为的就是这一刻的温暖。

老家的老屋是四合院建筑,是曾祖父留下的。北面是正房,用来供神、祭祖、招待客人。南面是倒座,堆放一些农用工具,如犁、耙、锹、锄等。东西是厢房。中间是天井。父亲住西厢,叔父住东厢。穿过正房就是叔父家。我到叔父家串门,常看到叔父坐在火塘边,抱着小妹,两只手紧紧握着小妹的手。每每这个时候,我转身便跑,仿佛自己比小妹矮了一大截。我便有了把手放到父亲或母亲掌心的渴望。这小小的渴望是在火塘边烤火时得到满足的。

火塘满足了我最初的渴望,给了我最初的幸福。

到了年三十,火塘整天飘着香味。这一天,火塘里的火格外旺。父亲把平时挑选留下的好根蔸,一并从柴房里搬出来,架在火塘上烧。根蔸神兽一般,这儿那儿吐着红红的舌头。我便拿起火钳,东一夹,西一夹。火舌被我夹断了,但,火钳上什么也没有,只有木质的香味顺着火钳爬到我的手上、身上。

木香敌不过吊罐里的肉香。母亲从墙上取下一条风干的猪腿,洗净,剁成两三截,连同洗好的大枣一起放入吊罐里。从这一刻起,我便无心玩火舌了,所有的心思都在吊罐上。猪腿炖大枣,平时吃不到,就像现在饭桌上的鲍鱼。我两眼紧盯着吊罐,吊罐却不解人情,静静的,大气不出一口。我急了,使劲把火往吊罐底凑。吊罐口慢慢有热气冒出,带着淡淡的大枣的甜味儿。进而,冒出的热气越来越浓,甜味中夹杂着肉味,馋得我直咽口水。

当香味弥漫整个灶房的时候,猪腿炖好了。母亲端着瓦盆走过来。双手握着抹布,将吊罐从铁钩上取下,小心翼翼地放在地上。我迫不及待地伸过头去,母亲掀开了吊罐盖。一时,热气熏天。我什么也没看清,便闭上了眼睛。用手一抹,手湿湿的,却没有了香味。母亲用铁勺将吊罐里的肉和枣子往盆里舀。枣子一个个胀圆了身子,像吹了气一样,通体发亮。猪腿油黄黄的,散着热,飘着香。母亲见我馋得可怜,便从猪腿上掐了枣子大的一块肉,塞进我嘴里。我的心顿时满满的,装满了幸福,我幸福得眯上了眼睛。

吃过年夜饭,母亲把吊罐洗净,从水缸里舀上半罐水,把早已备齐的鸡蛋连同茶叶、八角、茴香一起放进吊罐,用铁叉叉住铁链,将吊罐移出火塘中心。因为火太旺,怕鸡蛋煮炸。

一家人围坐在火塘边守岁,也守着吊罐里的元宝。

除夕的火塘温暖、飘香、富足,给了我最初的幸福。

如今,老家的老屋早已没有人住了。家人也都用上了空调。每年清明祭扫,我都要绕道到老屋看看。老屋空空荡荡,屋檐、门头、窗棂吊着蛛丝。火塘仍依墙而卧,静静地,静静地,守着光阴,守着属于它的那些温暖……

野菊花

布置完作业，嗓子疼得咽口水都困难了。我知道自己扛不过去了，要看医生。

雨，还是激情澎湃地下着。我疑心是天公换筛子时打了盹，该用筛面的，却用了筛米的。因此，雨便成了柱，密密麻麻地竖在空中。我钻进了雨林。

从上课的地方到医院，要过三个十字路口。

不知是我踩上了雨点，还是雨和上了我的步伐，脚下的水声与伞顶的雨声形成了节奏明快的舞曲。对，是快四。

和雨一起舞的，除了我，还有两旁绿化带中的植物。它们是雨的舞伴，也是我的舞伴。我欣赏着它们的舞姿。树，时而昂头，时而挺胸，时而扭腰……虽不优美，倒也颇有律动感。草，停下舞蹈，练起了瑜伽，身体向一个方向俯下，一秒，两秒，三秒……

雨帘晃着我的眼，眼花了，有棕黄的光圈在眼前跳动。我停下，闭眼，睁开。不是光圈，是花朵——棕黄色的花朵。

惊喜逼我奔它而去，驻足，原来是一朵悄然开放的菊花。深褐色的枝秆上，几片青色的叶子边缘卷曲着，叶面上不均匀地分布着小孔，一定是被虫子啃食的。细弱的棕黄色花瓣攒在一起，叫人想到一群淡妆的娃娃舞蹈结束时的环形亮相。尽管娇小，但有着向外的无穷张力。这种菊花，大山里常见，是野菊。

　　大山里的野菊怎么来到了都市？我环视它的周围：有修剪如球的绿植，有婀娜多姿的紫薇，还有馥郁幽香的丹桂，就是寻不出第二株野菊。一种怜悯之情涌上心头：孤独的花！

　　我松开了伞，伸出十指，想温暖她。然而，手在空中僵住了。风雨中的野菊，纹丝不动，立着，立在树下，立在草旁，既没学着树舞蹈，也没跟着草俯身，就那么静静地立着，像是在思考，又像是在完成一种使命。

　　我缩回手，倒退几步，向医院走。

　　到了医院，找耳鼻喉科。横七竖八的标牌看着我，我却读不懂它们。就像路标，于我而言永远是陌生的。大概是职业缘故吧，我习惯平面记忆，哪个学生坐前排，哪个学生坐后排，扫一眼，就记住了。对于空间，我晕！明明指示牌上写着"耳鼻喉"，走近，却是"验光配镜"。我嘲讽自己，干脆给眼睛验验光，配副辨别方位的眼镜吧。

　　这时，又一点棕黄色的温暖映入我的眼帘。一个小女孩的胸前捧着一朵野菊花。这朵花，与我刚刚在路边看到的野菊一模一样。我走近小女孩，她穿着橙黄色的连衣裙，扎着两只羊角辫，粉嘟嘟的脸上笑盈盈的。她就是一朵绽放的娇小的花。我下意识地蹲下身，想亲亲她，脸部肌肉却紧张起来：小女孩，翻着白眼，晶体混浊……我的心针扎似的痛，脑海里蹦跳着一个词——残忍。世上还有比这更残忍的事吗？

　　小女孩把花移到眼前，小脑袋歪来晃去，分明是在欣赏手中的花。她能看到花的颜色和形状吗？我心疼地伸出手，托起她的小脸……"阿姨好！"小女孩甜蜜地叫着。我的心更痛了，上苍啊，为何要把不幸加给这么好的孩子？！"宝贝，你怎么知道我是阿姨？""您的手细腻柔软呀。我还知道您是一位善良的阿姨，因为您的声音很亲切。"我直起身，拥抱着她。

　　她将手中的花举起："阿姨，这朵花送给您。"我感动地接过花，小心翼翼地问："你知道这是什么花吗？""是野菊花。是我让妈妈为我采的。我听过野菊花的故事，它是最坚强勇敢的……"小女孩饶有兴致地说着，小脸笑成一朵花。

我忽而明白了路上看到的那朵野菊,面对风雨,纹丝不动,尽管孤独,还是绽放。她懂得,所谓命运,其实就是一种活法。

　　面前的小女孩,虽然双目失明,但她的心明亮着,用心看,用心体会,能看到花的美丽,能体会到人的善良。她的世界是黑暗的,又是光明的。

　　我离开了小女孩,一步一回头,她的身影在我眼中慢慢模糊,模糊成一朵野菊花……

她有错吗

"扑通!""咣当!"……唉,一大早,楼上又传来摔东西的声音。昨晚闹腾到11:00才歇。房主只看钱不看人,竟把房子租给这样爱折腾的人,不是要了楼下人的命吗?

"哗——啦!",没猜错的话,应该是弹子散落在地板。我的心脏处于极度紧张状态,不得不进行干预。

"咚!""咚!"门开了。"你?"我俩异口同声,都愣住了。

她是我在琴行遇见的买琴人。

昨天,路过××琴行,随意进去看看。琴行里的乐器琳琅满目,叫得出名字的,叫不出名字的,似目空一切,傲视着顾客,又似望眼欲穿,等待着主人。买乐器的人寥若晨星。也许,周一不是琴行的活动日吧。

我走向古筝,看看价位,想买一架练练手。一位女子正在和老板讨价。

"老板可否再让一让价?这架古筝的底板音孔不够光滑,面板也不够熨帖,很大程度上影响音质……"声音甜甜的,一听就知道是个懂琴的人。我心生欢喜,想今天来对了,遇到了行家,也学点乐器知识。

"美女,那么多好古筝,你不买,偏偏选处理品。你是要装门面呢,还是要买给孩子学琴?学琴是要求精准的。"老板的话冷冷的,带着鄙视。我有点激动,想上前理论。

"这个,我知道。"

"既然知道就不要图便宜。"

"可我……"女子欲言又止。

老板一脸的不屑,走开了。

我上下打量着她:30岁出头,正是女性的黄金年龄。高挑的个子,水蛇腰。这身段,如配一袭长裙,真如仙女下凡。可她却着一身褪了色的家居服。她抚摸着面前的古筝,犹豫不决,见我盯着她,脸颊一下子涨红了……我本想请她为我挑选一架古筝,却开不了口了。

她也认出了我。"阿姨,您住楼下吗?"她面带歉意地说。我点了点头,没想到在琴行遇见的她竟然住在我的楼上。

"真是缘分,快进来坐坐。"她拉开门,把我让进屋。

我一眼看到了那架古筝,放在朝南的窗下。地板上一片狼藉:散落的弹子、缺胳膊断腿的玩具、碎纸片……墙角一个小孩,正在用手掰小汽车的方向盘,看样子是个男孩。他头上的头发像被践踏过的草坪,东一撮,西一撮,直竖竖的,身体干瘦,像只麻雀。我走近他,和蔼地说:"宝贝,你多大了?我住在你家楼下,我们可以做朋友。"他没听见似的,毫不理睬。

"孩子先天性智障,不爱讲话。"女子边说边递过一杯水。我心里一阵难过,原来如此。"就医了吗?""跑了多家医院,效果不理想。"她无奈地摇着头。

我端详起孩子:五官端正,眉清目秀,除瘦小外,和正常孩子没有什么不同。我正疑虑,女子在一旁说:"孩子安静的时候,看不出什么,但狂躁起来,乱摔东西,无名地喊叫,吵得左邻右舍不安。就为这,我只能不停地搬家。搬来这里才两天——阿姨,对不起。"女子语气无力,面带愧色。

我环视室内,除了古筝,就是一张桌子、两把椅子,门口一个鞋架,鞋架上的鞋只有两类:女人的,孩子的。

我很好奇:"孩子父亲在外谋事吗?"她低下了头,一声不吭,像犯错的孩子。我似乎明白了,她一个貌如鲜花的姑娘,该有多少男子为之"寤寐求之""辗转反侧"……她咋就把自己给了始乱终弃的渣男呢?我心疼痛,走近古筝。

"阿姨,昨天让您见笑了。孩子到了上学的年龄,普通学校不接收,送到特教,又不忍心。音乐可以启迪智慧,我以前是教古筝的,想买架古筝,教孩子学琴,可我……"

她正说着,墙角的孩子又摔起小汽车。她抱起孩子放到古筝前的小椅子上,自己站在椅子背后,弯下腰,给孩子戴上古筝指甲,手把手,拨动起琴弦——孩子安静了,小手被妈妈握着,在古筝上拨动,声音很涩,涩到我的心里,我流下了泪……

窗外阳光正好,香樟花的清芬不时飘进来。香樟树花满枝头,淡黄的,明灿灿的。几只蜜蜂飞舞其间,我仿佛听见了它们"嘤嘤嗡嗡"的欢笑。

屋内古筝发出的声音呕哑嘲哳,我的心隐隐作痛。蜜蜂采花授粉时,想到过对每一枚果子负责吗?

我悄悄出门,下了楼。

楼上仍有摔砸声、弹子落地声、弹古筝声……每每听到,我的脑海里就浮现出年轻的妈妈,浮现出她无奈、愧疚的样子。

她有错吗?

一朵别样的花
——读《在尘埃中绽放》

走进《在尘埃中绽放》，也许缘于张爱玲的一句话，爱一个人会卑微到尘埃里，然后开出花来。急于到书中探寻，走进了这本书，走进了女性的温暖世界。

爱上《在尘埃中绽放》，缘于它让我懂得了，在大千世界、浩瀚宇宙中，每一个人只不过是一粒尘埃，但一粒尘埃也能开出花，芬芳自己，芬芳他人。

《在尘埃中绽放》是一本用爱写成的书，一粒尘埃用爱唤醒另一粒尘埃。《一个女孩的微笑》中的曹梅，从小失去母爱，生在底层，长在底层，她和父亲住在私自搭建的简陋屋子里，靠拾荒维持生活。作者走近她，用爱唤醒了她，这粒尘埃慢慢苏醒、上扬，上扬成一朵花——考上了重点大学，有了属于自己的人生……像这样的人、这样的事，书中还有很多，如《去找一个人》《一件和信念有关的事》等。

一粒尘埃，扬起是花朵，落下是泥土，能够孕育出生命。"没有你之前，我梦见一群可爱的天使在天上飞。后来，我才知道你就是其中的一个。"《给你一双隐形的翅膀》记录了女儿的成长：从牙牙学语到出国留学，尽显母亲的用心。但凡做过母亲的人，都能从中找到自己的影子，体会到想表达而表达不出来的情感。

《丑丑》《麦克》写了两只来历不同的狗，作者与狗相处，感性认识得到了升华。狗在作者眼里由起初的一只动物到后来的一个生命。作者给予狗生命的尊严,狗也丰富了作者的认知:"生命是高于也大于一切的神灵,谁也没有漠视生命的权利。"爱成就了生命,生命丰富了爱。

　　一粒爱的尘埃躺在大地的怀里,每一个分子都在细数大地的好。《留在心底的那些暖》有如春日的阳光洒在读者的心上,一盏不是为作者亮起的灯,却带作者走出了家门;不是为作者敞开的电影院,却开阔了作者的视野;小人书不属于作者,却开启了作者的心智,开启了作者的爱,开启了作者的文学之旅,更孕育了作者感恩的心。在《瞬间(五题)》里,作者用细致入微的心去感知乡村的小路、栀子花、老布、玻璃糖纸、野菜,从而丰富了灵魂。乡村小路让她品出了唐诗宋词的清秀典雅,一块老布让她悟出了淳朴的人性是不能复制的,一枚糖纸、一棵野菜都给了她感动……生活中的瞬间、生命里的永恒、朴素的情感、善良的本性都流淌在字里行间。

　　《在尘埃中绽放》是用谦卑写成的书。一粒谦卑的尘埃,从卑微处仰视人生,崇尚那些历史留名的人杰。《那些被我们握在心里的名字》,有谭嗣同、李叔同、常书鸿、傅雷、张可……他们或慷慨就义,或修成宗师,或为艺术献身,或以一种睿智启迪孩子,成为教育的蓝本……作者从仰视中感佩一代代知识分子的骨气,更为当下一些失去骨气只有奴性的所谓知识分子而扼腕。

　　作者以文人的眼光看文人,看文字以外的人生。顾城、海子、三毛……他们如流星划过天际,他们用不同于他人的生命轨迹换取了一种永恒。《一位诗人》《夏天里的传说》《遥望张爱玲》都告诉我们,艺术呈现的或是云淡风轻,或是惊鸿一瞥,但艺术的背后是一本书,藏在生命深处的林林总总是值得我们思考的。

　　帕斯卡的《人是一根会思考的芦苇》意为思考形成人的伟大。作者大学时曾去孤儿院,眼中所见与想象差距很大,想象中的抚慰变成了本能的回避。多年后,她仍不能忘怀,写下了《孤儿院》:"当现实中的那些微弱的生命,以残喘的生存方式出现在我面前时,我却没有抚慰地前行……当无奈的生命和无奈的命运搅在一起的时候,除了同情和怜悯,我什么也没做。"因为那时的她太年轻。

后来,她在《生命的尊严》《跪》中,对生命的尊严有了更深刻的思考,同是生命,在不同人的眼里、不同的国度尊严不同。这与人的修养、社会的文明进程有关。思考孕育出的文字带给读者的是深沉的思考:生命的尊严意味深刻。

作者和其他所有人一样爱美,但她对美有着自己的理解和认识。玫瑰和卡萨布兰卡,她选择后者,因为后者"现代而时尚,高贵而不张扬,内敛而又典雅"。《花的本质》《这些女人》或是睿智的思考,或是实例的呈现,无不告诉读者,真正的美是在人的内心深处,一个美到深处的女人才能从骨子里散发出优雅和矜持。美是一种修养、一种文化、一种尊贵。

《在尘埃中绽放》是用禅意写成的。《素心与佛》《走过那扇门》《走进天童寺》……讲述了作者与佛的愿、与佛的远、与佛的缘。她怀着一颗虔诚的心上峨眉山,登九华山,访五台山……感受佛地的宁静,走进禅师的心灵,触摸头顶那束佛光……参悟到"人与佛缘是在一定的心境下才能产生的,以素心与佛缘,身处滚滚红尘,能够清心淡泊,才知道佛的家园"。

原来,好的文字是在一种境界中创作出来的,把读者带入境界,在这种境界里,我们不仅感受到阳光的温暖,也感受到我们内心所需要的温暖。

我读书有个习惯,喜欢铺开一张纸,放一支笔,随时记录作品佳句、写作技巧。这本书读完了,铺开的纸仍铺着,没有记下只字片言,因为书中的文字于我已不是文字,而是作者人性温暖的再现,我只感到心被熨帖,却寻不出字来;文字的呈现已超出了写作技巧,粒粒尘埃都在绽放。

这尘埃就是《在尘埃中绽放》的作者郭翠华。我与她只有一面之缘,但她的谦和安静的样子一直留在我的脑海里。今天读着郭老师的书,亦如读着郭老师:尘埃里的花为天下卑微的心而绽放。

致敬老兵
——读《人生有缘》

小时候,学唱"我是一个兵,爱国爱人民……",便知道兵是好人。上学了,学习"兵"这个词,老师解释说,兵就是解放军。我对兵的理解又进了一层——兵打鬼子,解放劳苦百姓。后来,我又从影视、文学中认识了兵,他们英勇、刚强、坚贞的形象时时感动着我……尽管如此,兵于我仍是平面的。

走进《人生有缘》,走近兵,走近老兵郭肇庆,兵的形象在脑海里立体了。郭肇庆,辽宁瓦房店市永宁人,1931年生,1947年参加中国人民解放军,伤残军人,"庆祝中华人民共和国成立70周年纪念章"获得者。认识他,认识了兵——执着、忠诚、有勇气。

郭老1954年转业,在东北烈士纪念馆研究室工作。烈士们英勇无畏、壮烈牺牲的事迹深深感染着他,他要为烈士们著书立传。为此,他走进烈士的故乡,寻找烈士的根;走访烈士的故知、同学,了解烈士的生活;深入烈士战斗过的地方,追寻烈士的足迹……苦苦寻觅,近距离地接触了东北抗战英雄,获得了有价值的历史——抗日战争是14年,而不是8年(8年是全国性抗战的时间)。1931年九一八事变爆发后,东北人民奋起抗战,打响了抗日战争的第一枪。这一史实佐证了毛泽东主席"中国人民抗日战争是在曲折的道路上发展起来的,这个战争是在1931年就开始了的"的论断,确立了东北抗日联军在抗日战争中的重要地位。短短几年时间,《杨靖宇将军》《抗日英雄魏拯民》问世了。

随着对东北抗日联军的进一步研究,郭老深深感到自己笔下的英雄形象太单薄了。20年后的1978年,他又一次拿起为英雄著述的笔,再写《魂系长白山——魏拯民传》。他重上北京,采访魏拯民的战友。可惜,物是人非。魏将军的战友冯仲云、伊俊山、宋冠英等已撒手人寰。斯人已去,希望渺茫,郭老心灰意冷。

就在他欲放弃时,前国家领导人彭真的话又在他耳畔响起:我们共产党人几十年的革命斗争中,有三件最艰苦的事:第一件,红军二万五千里长征;第二件,南方红军的三年游击战争;第三件,东北抗日联军的十四年苦斗。郭老流泪了,不写好《魂系长白山——魏拯民传》,怎么对得起魏将军、对得起为抗战牺牲的英烈们呢?郭老辗转来到三里河,拜访冯仲云的夫人,收集魏拯民的资料,力求为读者呈现一位有血有肉的英雄形象。

然而,就在《魂系长白山——魏拯民传》即将出版之时,郭老工作变动了,《魂系长白山——魏拯民传》的出版也就不了了之。

20世纪的最后一个春天,郭老得知东北抗联的六位将领中有五位的传记业已出版,唯缺魏拯民将军的传记,他不安起来。然而,此时的他已身患癌症、严重冠心病、眼睛黄斑变性……用他自己的话说,他已经是个废人,还有能力完善《魂系长白山——魏拯民传》吗?更何况,新的时期对英雄烈士有新的认识。

郭老陷入痛苦、无奈中。他想到了左丘明双目失明时著述《国语》,想到了司马迁的《报任安书》,想到了魏拯民躺在担架上仍指挥战斗……一种无法抗拒的力量在郭老心中涌动,他坐到电脑前,凭高倍放大镜,借助盲人助读软件,三写魏拯民。当他敲完《魂系长白山——魏拯民传》的最后一个字时,已是2008年的岁末。

一位身患重病、半盲的古稀老人,把九年的生命给了40万字的著作,给了英雄,给了英雄的历史,给读者以震撼与感动。

《魂系长白山——魏拯民传》记录了魏拯民烈士的成长,讲述了烈士的英勇事迹,再现了抗日战争的惨烈,还历史以真相。

郭老用军人的情怀写将军,写战斗,写与战斗有关的人。他的笔下走出了一批虎虎生威、英气逼人的将军,杨靖宇、魏拯民……走出了一个个视死如归的战士,小吵吵、董春林……走出了抗日爱国人士,刘寿山、董秀珍夫妇……

《人生有缘》中的《天公醉饮八百杯》《相隔南方》《冰凌花》等,犹如电影镜头,再现了英雄时代,再现了抗日战场的血雨腥风,再现了抗日根据地人民的无私奉献。空谷回音的文字告诉读者:英烈们走过的路是曲折的革命道路,充满艰辛,充满苦难,充满牺牲;英烈们做过的事是经天纬地的大事,反抗侵略者,不做亡国奴;英烈们留下的精神是英雄主义精神。谢谢郭老给中华民族留下了一部精神史诗。

郭老是一位执着的军人,更是一位忠贞的战士,忠诚于党,忠诚于祖国。《发生在街亭里的故事》是一个耐人寻味的故事。元宵之夜,大家来到街亭,看华灯初上,谈笑风生。兴致盎然时,一名教授公然诋毁毛泽东时代。郭老义正词严,列举10件大事,诠释了毛泽东时代是中华民族5000年文明史中无与伦比的、伟大而辉煌的英雄时代。

郭老忠于党,关注社会,《星价知多少》《脸的呐喊》是对社会现象的深层思考,"给种粮人唱歌的,成了天上的星;给唱歌人种粮的,成了地上的虫"。郭老为一些人错误的价值观担忧,为贪污腐败现象扼腕。他也膜拜明星,那是科学之星。他为药学家屠呦呦著文,并用《小雅》中的句子"呦呦鹿鸣,食野之蒿。我有嘉宾,德音孔昭"赞颂之。

托尔斯泰说:"一个人就好像一个分数,他的实际才能好比分子,而他对自己的估计好比分母。分母越大,则分数值就越小。"郭老是一个分数值较大的分数,他是伤残军人,至今,身体里还有两块 USA 弹片。但《人生有缘》对其伤残经过却只字未提。我们可以想象到他在解放战争的战场上出生入死,英勇杀敌……共和国的旗帜上有他血染的风采。

战场上,郭老有英气;生活中,郭老有勇气。

英国著名作家海明威说过:"勇气是在压力下仍然能够表现出优雅。"1989

年郭老事业受阻,只身来到海南岛,那时的海南岛是垂钓的乐园。郭老观钓,学钓,垂钓,在垂钓中参悟人生:"人生最难得的是耐得了寂寞,在寂寞中忘掉'鱼'和'我'。"勇气让郭老在寂寞的时光里成了优雅的钓者。

战胜环境、时运方显勇气,战胜自己更见勇气。耄耋之年的郭老疾病缠身,行动不便……但他仍旧优雅着,笔耕不辍,把生活爱、战友情写进文字里,填入诗词中。看郭老赠予老邻居的《如梦令·赠范正美》:

秋梦寂寥人醉,一片痴情如水。问古往今来,悲剧怎会无泪?心碎,心碎。冷雨滴沥难寐。

情悠悠,爱悠悠,雅兴悠悠。郭老90岁高龄了,唯一的心愿是在今年的7月1日,到天安门广场去祭拜毛主席,陪毛主席一同庆祝党的百年华诞。老兵之心,日月可鉴。

人生有缘,我和郭老结缘于"同步悦读"。他将新作《人生有缘》赠予我,我何其有幸。

适逢八一建军节,我在键盘上敲下这些字,致敬《人生有缘》!致敬郭老!致敬老兵!

终未与其合影

李白云:"桃花流水窅然去,别有天地非人间。"我去黄山虽然没有艳遇桃花,但感受了黄山的大气象。

不说云蒸霞蔚,雾霭茫茫,也不说怪石林立,泉水温情,单是黄山松,就令我震撼。

5月1日清晨,我来到黄山脚下。雨过天晴,初夏的风带着薄凉,在人群里穿梭,时而顽皮地撩起我的衣襟,时而嬉戏地摘了我的帽子,揉乱我的头发。初来乍到的感受,微妙难言。

乘上去玉屏的大巴,沿途是灌木丛,灌木丛中有纤弱的藤蔓,有秀气的瘦竹,有偷着开的野花……一种亲切感涌上心头,这里和我老家门前的大山太像了。

下了大巴,我们换乘玉屏索道。从索道上向下看:松树一片。深绿色的黄山松占据着我的眼、我的心,也占据着整个黄山。它们长在山坡,插在石缝,挂在峭壁。阳光像将舒未舒的栎树叶,白里含着青,穿过霭霭雾气,笼照着松林。空中氤氲着俊秀,弥漫着神奇。

下了索道,一片片、一棵棵黄山松,亲切地向我走来。它们个头矮矮的,身躯瘦瘦的,朝着一个方向微微倾斜,自我约束着。我伸手握住松枝,枝上的针叶短粗短粗的,像打了蜡,光滑滑的,一点不扎手。树皮黑中泛着红,像大水过后的泥滩,皱巴巴的;又像龟的背,刻满了生命的密码,交与时光解读。树根似老人的手,青筋条条绽出,努力地往土里扎。土层很薄,用手轻轻一抠,便见石头。这样贫瘠的土壤,为黄山松倾斜的姿态给出了答案:它们为了生存,努力地将身体迎向太阳,获得阳光。经年累月,练就了恭迎的倾斜度。我拿出手机要和黄山松合影,不料,臂膀被某种硬的东西狠狠戳了一下,我回头一看,是挑山工的扁担。

挑山工戴着一顶草帽,帽子不旧,但泛着黑灰色,且布满芝麻大小的斑点。我知道,那是雨淋过后没及时晾晒留下的。我没看清他的脸,但从他佝偻的脊背、干瘦的身体可断定他是个上了年纪的人。他肩上的扁担也上了年纪,黑黢黢的,泛着特有的岁月之光。扁担两头系着绳子,绳子上系着铁钩,铁钩上挂着箩筐,箩筐严严实实,装满了物品。我目送着他走上石阶,一步步走远,走进黄山松里……

沿途多是石壁,石壁经风历雨,生出石缝,黄山松便乘机落户在这里。石缝布满绿茸茸的苔藓,看不清树根。黄山松这儿一棵,那儿一棵,像芭蕾舞表演后的谢幕,孤傲而淡定。

峭壁隔壑看着我,我也看着它。石壁上的黄山松千姿百态:或枝丫披拂,拂着水袖;或树干屈曲,练着波浪腰;或干脆整棵倒垂,玩着杂技……灰白色的石壁成了地板、天花板,幽光微微;阳光直射而下,经深谷过滤,成了彩色的细丝,一丝,一丝,一头连着天空,一头连着黄山松。自然的造化就是这般不可思议。

我背靠栏杆,摆好 pose,要与美景合影。举起手机,心为之一颤——屏幕上,我正依偎在一棵倒挂的黄山松怀里,一种人与自然的和谐之美令我窒息。刹那间,我明白了,石壁上的黄山松千姿百态,为的是取悦游人,不,为的是养育它的土地,为的是这方土地上的人们。想到这,山下一栋栋小楼、楼前停放的一辆辆轿车便在眼前浮现……我的手停在空中,思绪飞到了老家,飞到老家的那棵神树——

老家的神树,是一棵历经100多年的栎树,生长在老家东南角的陡坡上,离村庄约300米。树干要两人才能合抱过来,枝繁叶茂,神韵独具。春天,繁花满树,像一束束饱满的麦穗;秋天,一颗颗果实脱壳落下,落在山坡,落在田间,落在行人的头顶……枥树的果实能充饥,听老人说,越是饥荒的年成,果实结得越多,不知救了多少人的性命。

后来,生活好了,人们不再捡枥树果了,枥树果便越来越少,直至一颗不结。人们觉得这棵枥树通人性,是棵神树。上了年纪的人闲了,就到树下坐坐,和树聊聊天、解解闷。

小叔的眼睛患了白内障,几乎失明,吃药无效。每逢初一、十五,小叔就到枥树下烧香、祈祷。奇迹出现了,两个月过去,小叔的眼睛复明了,能看清老井里的水藻。

可惜,随着村里老人的一个个离世,枥树也一天天枯萎,从根到干一点点腐烂,最后倒地死去……我的心一阵酸楚,为老家的神树,也为黄山松。哪一天,人们不需要黄山松了,它会不会也枯死呢?

拾阶,攀壁,好不容易来到莲花峰。也许峰高露重,"莲花"的花蕊婆娑着,成沟,成椽,成板,形成观景台。观景台四周是悬崖,有两棵松树并肩立在悬崖边。也许是它历险而生的精神感染了游客,游客争相与其合影。我也心动,排队向前……轮到我了,我一迈步,狂风便向我撞来,一个踉跄,险些命丧悬崖。我一把抓住栏杆,下意识地摇一摇头,唯恐头被撞掉了,我倒退两步裹紧衣服。风像装了钻头,一个劲地往衣服里钻,往肉里钻,钻得我牙齿咯咯响。我扶着栏杆慢慢向前移,移到黄山松前,伸臂抱住树干。我的手像触电一般,有短暂的酥麻。黄山松的树干像房子的顶,盖满了一片片分币般的碎瓦,瓦与瓦之间的缝隙细如蚁足。它让我想到了梵文的《法华经》,想到了慧远、慧因法师。

《空谷幽兰》记载了慧远、慧因法师因梦结庐终南山,直到坐化。慧远法师生前研读七集《法华经》,熟能成诵,那是怎样的一种虔诚啊!

眼前的黄山松远离平原坦途,选择石峰烟霞;读风霜冰雪,诵悬崖绝壁;听南腔北调,阅东来西往;居深山知季节更替,生绝壁通天下时变……这又是怎样的一种信念和开悟呢?

一时间,黄山上的挑山工、老家山上的神树、终南山的法师一起向我走来。

我不敢与其合影,走下观景台,拱手膜拜……

山那边有海

7月22号早晨,我吃过早餐,就和同事匆匆来到中山路的公交站牌下,等去崂山的班车。平时等车,总是一边看时间,一边埋怨:这个时候该来了,怎么还没来?眼睛盯着车来的方向,盯着车号,由模糊到清晰。在异乡公交站牌下等车,心情是放松的,愉悦的。自己仿佛不是游客,而是当地的上班族。反客为主,心里有了短暂的满足。目光不再死死盯着一个方向,因为,车是从对面开来,还是从侧边开来,我都不知道。东看看,西瞧瞧。不起眼的广告、路标都成了风景,边观赏边思考,心里有了微妙的感动。此时,真正理解了旅游的放松。旅游,总是到陌生的地方,陌生便没有了经验,没有了经验,便少了许多抱怨。原来,使我们累的不是工作,不是家庭,而是成为经验者的求全责备。

上车。听着导游方言浓郁的介绍,看着车外德国式的宫殿建筑,感情不知不觉被地方文化所俘虏,一时间有了亲近融入感。

来到崂山脚下,已是下午2:20。这时,青岛以十年不遇的热情拥抱着我们,我们的激情便跟着膨胀,从每一个毛孔向外溢出。汗水浸湿了衣衫,布满了脸颊,模糊了视线……但是,爬崂山的决心丝毫没有动摇。因为,山那边有海。

背好行囊,戴好帽子,便踏上了通往崂山的路。起初,路面平坦,走起来似乎并不费劲,爬山的挑战性大减。走在人工铺就的石阶上,怎么也找不到爬山的感觉。我喜欢用脚走出来的山路,"道狭草木长"。或扶草,或援木,或攀藤,那才叫爬山呢。

　　转过两个山嘴,山势变得陡峭,形状怪异的石头占领了前方的路。路夹在石中,或狭,或陡,或曲。我想起了小时候吃过的糖衣片,入口滋味甘甜,在口腔里打两个滚,甜去苦来。当你想吐出,药片已融化,吐出来的只有怨气。不过,面对眼前的瞬息万变,我丝毫没有抱怨,更不想掉头返回。山那边的海吸引着我。

　　尽管山陡、路岖,但不时有绿荫笼罩。树木虽生长在石缝间,却粗壮茂密。偶尔也有一些竹子夹杂其间,一片葱郁。

　　知了大概是知道自己的艺术生命短暂,冒着高温酷暑,放声高歌。四周都是它的声音,我却觅不着它。我敢肯定,它是看见了我的,并且看出了我的疲惫与恨不得一步登顶的急躁。否则熟悉的"知了""知了"咋变成了"还早""还早"呢?

　　一山爬过,一山见。是啊,登上山顶还早呢!

　　高温的淫威迫使好多游客半路返回了。我很矛盾:心脏跳动的加快,大脑的晕沉,暗示我体力不支了,回头是幸;抬眼望,山顶又仿佛咫尺之遥,隐隐听到了海的呼唤……我要继续,继续!

　　我咬紧牙,铆足劲,攀着石头向上爬。每移一步,腿都要颤抖一次,汗水流得睁不开眼。视线模糊中,我感到头顶的石头在向下压,两旁的石头在向中间挤,压迫感越来越强,我就要被压垮了。我仍须挣扎,我和山那边的海有过约定。

　　爬着,爬着,头触到了人的身体,一抬眼,我看到了"觅天洞"。好兴奋,我就要爬到山顶了。觅天洞的洞门由两块巨石撑起,酷似两个巨大的手掌相对而击,也许是力量相等,指合而掌未合,自然的势均力敌为人类创造了奇观,更给了游人登上山顶的希望。我伸着头,猫着腰,慢慢挪进洞口。里面黑乎乎的,只能借着手机微弱的光,一步步往前探。五六步后,路没有了。面前是竖起的石壁,不,是巨人竖起的手指。人工在其上凿了一步步石阶,攀阶而上,处处碰壁。身体力行的艰难让我对凿石开阶的人产生了遥远的敬佩。我们手脚并用,艰难地向前。当脚下亮光一晃,我猛抬头,看见了天。这时,我恍然大悟觅天洞的得名,真的会意了"觅"的结构。在"爪"(手)的协助下才能见到的称为"觅",由洞觅天是怎样的不易?忽而又想到了李清照的"寻寻觅觅",词人心路的艰难,不正是一个"觅"字吗?

穿过觅天洞,攀上铁梯,眼前豁然开朗,一个全新的世界。硕大的石头形成了U形露台,左壁写着"崂山",右壁书有"天苑"。U形两侧是连绵的山脉,前面似刀劈斧砍,陡峭险峻。目光顺着峭壁滑下,滑下,一直滑入大海。山脚下的海似一面鹅卵形的镜子,又像一块晶莹剔透的翡翠。沉浸,闪烁。海面上,水汽氤氲,镜子,或模糊,或清晰,叫人听到海水的细语。山脚下的建筑倒映成海平面上色彩不同的点,共同点缀着大海。

会当崂山顶,一睹大海平。此时的大海是那么宁静,那么温柔,那么多情。我的面颊有清凉的海风拂过,我感受到大海的爱意。

置身崂山怀抱,遥承大海润泽,心有说不出的舒坦,说不出的大,大到能装进海,装进山。是啊,心中有了山,有了海,还缺什么呢?一种从未有过的满足充溢心头。

山那边有海。

请到天涯海角来

"请到天涯海角来,这里四季春常在。"沈小岑的一首《请到天涯海角来》不知勾起多少人对海南三亚的向往。10月29日,我扑进了三亚的怀抱,实现了夙愿。

秋末冬初的三亚,温暖。一下飞机,微微带着湿润的风拂面而来,一股暖气流从脚底到头顶,把人整个儿包裹着,暖暖的,很舒服,这时已是22:40。

坐进车里,四周一片漆黑,想看一眼家的方向,可惜分不出东西南北。眼睛盯着车前一枚不规则的东西,它不偏不倚地在车前闪动,我仔细辨认,原来是月亮。我很惊讶,已是农历九月二十一,家乡的月亮应是下弦如弓,这里的月亮却像笨婆娘手里的饼,方不方,圆不圆的,难看极了。距离产生美,此时此景就更具哲理了。

走进三亚的人,无不惊艳于三亚的市花——三角梅。三角梅色彩繁多,淡蓝色的,浅黄色的,粉红色的,桃红色的,殷红色的……更多的是玫红色的,开在房舍,开在道中,开在你的脚边。

开在房舍的泼辣得倾盆而下,掩着窗,护着墙,像一个个美丽的精灵,在阳光下挤眉弄眼,挑逗着游人。

开在道中的艳容端庄,尤其是迎宾道上的三角梅与高大的椰子树相间而立。三角梅每一株都修剪得整齐,既遵照树的自然形态,又符合人们的审美需求。伸缩有致,肥瘦适宜。绾髻浓妆,笑迎四方来宾。椰子树高大挺拔,志在蓝天。我想,椰子树眼里的三角梅应该是一位贤淑温良的女子,对爱有自己的理解:不靠近,不远离,就那么默默地守候。

开在脚边的三角梅,又有另一番情趣,零零星星,枝细如琴竹,花小如豆粒,靓而不艳,美而清丽,成了游人心中的牵挂,一步三回头。

能与三角梅媲美的是凤凰树。凤凰树状如雪松,枝繁叶茂,垂盖而下,形成伞状;叶似合欢,片片叶子以叶茎为轴,一一对应成细长的小舟;花如落日,色彩猩红,一朵朵、一团团,温暖着你的眼,你的心。正因如此,凤凰岛成了游人流连忘返的胜地。

亲近沙滩,那种感觉不知是不是陶醉。眼前的景象,让你的目光不仅注入欣赏、喜爱,还注入禅意般的虔诚,一种超凡脱俗的美震撼着你。

这里的椰子树脱去了工作服,穿上了休闲装,没有了道旁树的严整,倒有了几分随意。这儿一棵,那儿一棵。从容临海,作沉思状;洒脱摇曳,呈风流态;环臂护果,显慈祥貌。椰子树独特的美赢得了游人无限青睐,人们频频与其合影留念。

椰子树脚下是沙滩,沙滩像一条金色的地毯,铺开,铺开,直铺到天涯海角……海水的吞吐使这条地毯蜿蜒屈曲,煞是诱人!踏上沙滩,心里涌起一种别样的情感叫心疼。心疼得不忍下脚,沙太细太柔了,担心她承受不了一丁点儿的重量。慢慢向前挪动,有种举步维艰的感觉,沙太多情了,她缠绵着你的双脚,叫你不得不停下来。停下来,索性俯身卧下,尽情地亲吻。

海浪在沙滩面前尽显它的阳刚之气。风平浪静是词语,不是生活。海浪始终是涌动的,放眼远望,海面像涌动的山丘,涌动着,涌动着……渐渐地,山丘变成了山脉,起伏着,跌宕着,掀起浪潮向沙滩扑来。那种凶猛,那种威武,似乎带着憎恨,带着不甘。它是憎恨游人的双脚玷污了沙滩的纯洁吗?是憎恨游人的喧嚣亵渎了它们爱情的神圣吗?是的。你瞧,它的每一次拍岸都将一层柔沙卷起、拥抱、带走。拍岸、卷起、拥抱、带走;再拍岸……我的心不禁一惊,不敢想如此往复的结果,我悄悄地退出沙滩,默默地祈祷……

海浪是贪婪的,它要口含沙滩,怀抱礁石。游玩蜈支洲岛,我们是乘观光车而行的。因为环岛路径是在礁石上凿出来的,陡峭、狭窄。车行速度很慢,但我仍提心吊胆,生怕凸出的石壁会擦伤车上游人的身体。就在我恐惧之时,海浪汹涌地撞击着礁石,激起千堆白雪……我举起相机,想留住这一壮美的时刻,海浪又自卫似的速速退去。礁石间的雪堆瞬时成了雪滩,进而化为海水,消失殆尽。我正怅然间,又一个浪头从远方涌来,冲向礁石,激起一丈多高的浪花,扑向岩石,扑向车子,扑向车上的每一个人……车停了,我睁开眼,伸头一看,礁石被海浪啃去一块,露出一个大坑。这时,我怀疑起纪伯伦《浪之歌》中所叙述的浪的温柔,我眼里的浪爱得自私,爱得惨痛。也正是它的自私、惨痛创造了自然的壮观!

"请到天涯海角来",天涯海角温暖、惊艳、轻柔、壮观。

雅丹

雅丹,一个颇具想象力的名字,让人想到精致、小巧,甚至一枚色彩温润的玉石。其实,它是一种地貌。雅丹是维吾尔语,意为具有陡壁的土丘。在甘肃玉门关90公里外,就有一处这样的地貌。

5月25日早晨,我们从大柴旦前往雅丹。汽车开出不到5华里,一种荒凉便压迫着我们。路上看不到来往的车辆,从车窗向外看,都是戈壁滩。似石非石的山上,没有一根草,真是不毛之地。地上跑的,空中飞的,在这里都寻不到踪迹。路,更远,更窄;天,更高,更蓝。大西北的广袤无垠与苍凉,深深地震撼着我。难怪人们会说,不到大西北就不知道中国有多大!

路渐渐地崎岖不平,最低处和最高处的绝对差应不小于一米。车子行驶到低处,溜直的马路一下子上了蓝天。这时,湛蓝的天宇、雪白的云朵、青色的无垠戈壁、黑色的柏油马路构成了一幅梦幻般的图画。我们下车,牵手走上"天路"……这一刻,我感到了从未有过的神圣与庄重,仿佛自己就要步入天堂了。相机快门按下的那一刻,定格的不仅是浪漫,更是神奇——凡人入仙境的神奇。

车子爬上高坡,眼前出现了海市蜃楼。戈壁滩华丽转身,成了奇形怪状的土丘,像城墙,像楼房,像坟冢;有孔雀开屏图,有狮身人面像,有群鱼出海画……凡所应有,无所不有。只有想不到的事物,没有找不到的影像。大自然真是鬼斧神工!

更神奇的是,土丘的表面有一层风化的岩石,像摔伤皮肤的结疤。结疤上闪闪发亮,似有人诚心将玻璃屑揉进了里面。后来,参观《青藏地质博物馆》,我知道了,酷似玻璃屑的东西是锂。想不到,奇形怪状的土丘却蕴藏着宝藏。

眼前的壮观景象,让我们惊呼,让我们兴奋,更叫我们留恋得不肯离去。导游却说,更美的还在前面。我们带着憧憬上了车。车子爬过两个坡,绕了两个弯,一片绿洲果真出现在天边:天水相接,分不出哪是天,哪是水,就那么蓝汪汪地静卧在远方。水上仿佛有一艘艘战舰在抛锚起航。这一美景近在眼前,却远在天边,我们之间隔着茫茫的沙漠。

这里的沙漠,与鸣沙山相比——更平坦,更具象了。沙漠表面青灰色的波浪,为我们再现了风起沙移的情景;一个个隆起的沙丘,又为我们讲述着风卷沙、沙恋地的悲壮故事。沙漠上的每一个皱纹里都流淌着自然的彪悍细腻、悲欢离合。我第一次感到沙的多情。是的,沙是多情的,她总是软软地缠绵着我的双脚。明明走了多半天,可回头看,仿佛还在原地。忽而,我想到了彭加木,原本的遗憾和惋惜化作了仰慕。真的躺进沙漠宽广的胸怀,永远不起来,岂不是一种奇缘?这样想着,脚更挪不动了。每迈出一步,都要狠下一次心。千百次的挣扎,千百次的狠心,终于走出了沙漠。来到了水上雅丹。

不知怎的,我没有惊呼,只感到气流在胸腔内堵塞了,呼吸急促,四肢发软,一种要瘫痪的感觉。

碧水载雅丹,雅丹乘碧水。看不见水的流动,摸不着雅丹的底座,整个的像一块翡翠镶上了玛瑙。玛瑙又经过风化的手,便成了美轮美奂的艺术。有的庄严稳重,叫人想到北京的天坛,帝王祭祀皇天、祈五谷丰登的壮观如在眼前;有的起伏绵延,叫人想到丝路驼队,浑厚的驼铃声便响在耳畔;有的翘首高瞻,叫人想到了铁木真,草原血性男儿扬鞭策马,纵横沙场的勇武又浮现在脑海⋯⋯面对如此神奇的景观,我十指合拢放在额头,膜拜上苍。上苍如此厚爱人类,把人类的历史、文明、进步都复制粘贴在了这里——水上雅丹!

这里的游人不多。有的伫立水边,有的蹲居丘上,没有一声喧哗,仿佛都不忍心打破碧水与雅丹的静谧。也有帅哥靓妹在"天坛"上拍结婚照。我想，他们不仅想让这里的美见证自己的幸福，更想让雅丹碧水的忠贞福佑他们的婚姻。这里的雅丹与碧水，情深意长。雅丹既是土丘，就会被水溶解。可是，它却千年万年地立在水上；四周是茫茫的沙漠，而这一片绿水却没有干涸。碧水与雅丹就这么长相守，敬如宾。这不就是人们渴望的爱情吗？

　　离开水上雅丹的那一刻，我好像不再是自己。我成了一粒沙，融进了碧水里……

可遇不可求

近来,一些事老占据着我的心,以致我精神恍惚,什么事也做不了。回老家走走吧。

时已入秋,但暑气不减盛夏。我特别期盼一个阴雨绵绵的日子。天遂人愿,秋天的第一场雨在我的期盼中来了,脚步轻盈,细雨霏霏。一家人陪我回娘家省亲。驱车上路一会儿,车窗便蒙上了雾,我摇下了车窗。这时,星星点点的雨飘进车内,雨点散落的节奏正合着车内音乐的节拍,惬意。

车子驶进山区,雨点变成了雨珠,轻音乐变成了交响曲,"噼里啪啦",从天空往下倒。继而,雨珠连成了阵,一阵阵压过来,路看不见了。我们被迫靠边停车。

坐在车里,向外望去,我精神复苏,窘迫中遇上了奇景。山涧水流疾涌,像青白色的龙在腾跃,龙身激起水花四溅。山崖上,一条白练从上垂下,镶嵌在草山间,草更绿,练更白。这种拙朴自然的美叫人欣喜,令人陶醉。我赶忙拿出手机,隔着车窗,按下了快门。这样的天气,这样的境况下,瀑布遇上了我、我的爱人、我的儿子和儿子的另一半;我和我的爱人、儿子、儿子的另一半,在这样的天气、这样的境况下遇上了瀑布。这是怎样修来的缘分呢?这样的瀑布兴许某一个时刻还会出现,但不再是此刻,不再遇上我们;我们兴许还会一同来这里,但不再遇上这样的瀑布,即使遇上了,它也不是此刻的瀑布,不是此时心境下的瀑布。我该怎样珍惜呢?

想起了7月24号在青岛。我和大多数游客一样,在无数次憧憬、无数次向往中,来到了大海身边,下海成了我的第一欲望。无奈天气太热,只能和同伴一行绕到鲁迅公园,避暑观海。

这里没有沙滩,海与岩石紧连着。海水也许和我们一样,难耐酷暑,宣泄着,拍打着岩岸,发出的声音却温柔,叫我想起纪伯伦的《浪之歌》:"我同海岸是一对情人。爱情让我们相亲相近,空气却使我们相离相分。"我对浪有了微妙的情感,撑起伞,向着海,向着浪走。脚下岩石磊磊,没有了棱,没有了角,上面布满了小坑,像一张张长满麻子的脸。水是柔的,怎样的柔度,竟改变了石呢?第一次感到"以柔克刚"不是睡在字典里的词语,而是一种实实在在的生活。走近海边,海水幽蓝,诱惑着我。我于是期盼太阳快快落下,期盼踏浪,期盼下海。

下午4点左右,云从海边升起,渐渐向天空弥漫,隐掩了太阳。我们兴奋不已,向着一边的沙滩赶……我帮同伴们看着行李,他们先下海。看着热闹的大海,想象开始驰骋:轻轻地走下海,慢慢地向前,直到海水漫过我的小腿,便静静地立住,牵起裙,平放在海面,伸出两臂,做起飞状……一个海上舞者的轮廓已出现在脑海,兴奋。

兴奋中,同伴已上岸了。我以最快的速度换衣,踏沙,涉水……刹那间,皮肤感受着冰火两重天。海水冰凉,凉气直侵入骨髓。我慢慢向前走,向前走,海水没过我的脚丫、脚背、小腿……我牵起了裙……这时,头顶一阵"哗哗",下雨了。雨点密集,既而,倾盆而下。一时间,戏沙的,踏浪的,游泳的,都慌了手脚,匆匆跑向阁楼的廊檐避雨。

海面水雾弥漫,海边的建筑物不见了,海中的小岛不见了。海面越来越窄,像个湖。狂风暴雨大有吞噬海的气势,海上留影不成,失望,扫兴。转身欲离开,耳边却响起高亢的声音:"快看!"我本能地看向海面,雨停了。海面上的雾气,像薄纱,被无形的手牵起,掀开,揭去……小岛出来了,建筑群出来了……远处的海水涌来,像风吹过麦田,吹动绢丝,吹卷沙粒……一层层,一叠叠,层层叠叠,匀速地,不间歇地涌。近处的海水,混着泥沙,向海中流……流着,流着,被涌来的海浪阻止了,不动了。海面上,刹那间泾渭分明:清者自清,浑者自浑。"分裂"在这里不是贬义词,它是一种美,一分为二的美,罕见的美!

这样的美遇见了我,我遇见了这样的美。这又是几生修来的缘分呢?我依偎着栏杆,挪不动脚步……

青岛海上的奇观,老家路上的惊喜,都是不期而遇的。凡事如此,可遇而不可求。

"鸣轰,鸣轰",启动车子,雨停了,雾散了,我的心释然了,长时间积压在心头的不愉快也释然了。

日落日出

鸣沙山日落是自然之壮观,观之,灵魂受到洗礼;张掖日出是自然之超凡,赏之,精神得以脱俗。

鸣沙山落日是敦煌美景之一。2016年7月23日20:22,我目睹了鸣沙山的落日。

鸣沙山,海拔1650米,最高峰相对高度也有170米。日落时间20点左右。

19点,我们来到鸣沙山景区。放眼望去,一个沙的世界,沙山林立,层峦叠嶂,把沙滩围成了一圈,沙一粒也不会走失。虽已傍晚,但阳光不减,给沙山披上了一件飞金袈裟,庄重而富丽。天蓝欲滴,给山们戴上了一顶圣洁的礼帽。山顶飘浮的白云,为这顶礼帽镶上了洁白的帽檐。鸣沙山,在庄重富丽中,又多了一份高贵,博得人们视觉上、心灵上的仰视。

看,东面山坡上,一团团,一簇簇,蠕动着的是爬山的游人;一点点斑斓、起伏、飘扬着的是游人头上的丝巾。游人的欢呼声、嬉笑声、赞叹声,汇成了海洋,海水漫过每一个人的双耳。

渐近山脚,一点点的色彩,变得立体了,直观了。鸣沙山的壮观美丽,使肤色不同、语言不通的游人心有灵犀,不约而同飞到了这里。沙山在人们的装点下喜庆而又热闹。

一架由绳子和木棍组成的梯子铺在沙山上,成了木阶,看不到终点。我们拾阶而上,向山顶攀登。每登一阶,兴奋一次,因为离山顶又近了一步。

看到山顶的那一刻,我惊喜不已,脚下一松,身子一倾,便吻着了沙山,滑下一二米。原来,脚下的梯子没有了踪影。不知是被山顶淌下的沙淹没了,还是设计者成心短了一截。没有梯子,真的是举步维艰。沙太细,太松,承受不起身体的重量。我抬起脚,再落下,人已倒在了沙山上。爱人紧握着我的手,用力向上拖,我就半自动地匍匐向前。这时,我对坚强有了新解。所谓坚强,就是面对沙山永不退缩。

我就这样狼狈地被拖到山顶。山顶已筑起了人坝,回望身后,还是一片人海。树大,招风;山高,更招风。风将沙卷起再撒下,我们头上、脸上、身上,连耳孔中都是沙。风就是孩子,人来疯。人越多,她疯得越起劲,将人与沙一起向下推。我牢牢抓住爱人的胳膊,任凭风肆虐,不改初心。坐在山顶,面朝夕阳,静待壮观时刻的到来。

夕阳也许被游人的激情点燃,由橘黄变得橙红,由平面变得立体,像一个火红的球,悬在西面的沙山顶上。天,染上了红色,由深到浅,慢慢扩散;云,染上了红色,由外到内,就要和夕阳融为一体了。沙山镀上了金子,更厚重,更温暖。眼看夕阳离山坳只有一寸之遥了,我心里矛盾起来:希望它快点,再快点,好一睹落日的壮观;又盼它慢点,再慢点,因为它的落下,将带走我生命中的这一天。就在我动摇不定之时,夕阳倏然落下了山坳,没有一点商量,没有一点留恋。此时,鸣沙山,一片沉静,只听得风鸣沙山,"啾,啾"……

日落如此壮观,日出,又该是怎样的夺人魂魄呢?带着这样的憧憬,我们来到了张掖,住在了山脚下。

翌日凌晨,我们便往山上赶。四野一片静寂,偶尔听到一两声虫鸣。天空深邃,月亮特别亮,地上像盛着水,水深莫测,每迈出一步,手心都渗出汗。我们深一脚浅一脚地走向黑黝黝的山,那里是观日出的最佳位置——四号台。

登上观景台,天已大亮。人很多,可见他们和我一样,已迫不及待了。我四周观望,想辨清方向,却不知东南西北。渐渐地,远处山上,分明出现了光带,好长好长,将山清晰地一分为二。我仔细辨别光线的强弱与粗细,辨别光源。原来,我的右手边是东方。于是我转身,目不转睛地仰望东方的天边。一分钟过去了,两分钟过去了,十分钟过去了……我揉了揉睁得发麻的双眼。再次凝视东方的天边,我看见了碗口大的一块亮光。亮是亮,但很微弱。旁边没有云,以致看不出它的细微变化。我的心怦怦直跳,见证奇观的一刻就要到了。亮光由碗口状,变成了扇形,向山顶上空放射,这时,山顶变得清晰,赤、橙、黄、绿、青、蓝、紫把山装点成了塔形的虹。光线的变化使得色彩深浅不定,虹蠢蠢的,像要升腾。我知道,太阳就要冲出山坳了。我屏住呼吸,目不转睛地盯着。亮光猛地射得很远很远,山坳间出现一道亮痕。是太阳,是太阳!渐渐地,亮痕变成了亮弧,变成了亮球。橘黄的光温暖着天空,温暖着大地。丹霞铺满张掖,七彩绣制山峦。空气不再流动,地球停止运转,一切都在神圣中沉浸着。

太阳并不因为人们的兴奋而兴奋,它就那么缓缓上升,上升……说不上亢奋,也说不上消沉,仿佛经历了血与火的洗礼,从容,淡定。

日落日出,自然普通而又蕴含玄机,道出了世事千态,人生百味。美的东西,总是呼不来,留不住;来得缓慢,去得匆匆。

众沙恋月

每次读《罗布泊消逝的仙湖》,我都为"救救月牙泉""救救青海湖"的呐喊所震撼。月牙泉就要成为第二个罗布泊了。拯救月牙泉,我力不从心;看一眼月牙泉,便成了我的迫切愿望。

7月23日下午,我们一行6人来到了敦煌,沿着南北走向的马路去月牙泉。看着路两旁的景象,我真疑心自己走进了女人街。丝巾飘飘,太阳帽招展,防晒袖、护眼镜,琳琅满目。再看路上的人,大多臂套防晒护袖,头裹丝巾,眼戴墨镜。只能从身高、三围,辨别男女了。

买过票,已是下午6:30。当地人说,这个时间是游月牙泉的高峰期。果真,景区内游人似海,一浪一浪地向前涌,"鸣沙山"石碑几乎被人海淹没。我顾不得留影,便步入了沙滩路。

说是路,因为有明晰的脚印;说是滩,因为一望无边,坑坑洼洼,全是沙。一脚下去,鞋里钻满了沙。我干脆脱了鞋,赤脚走在沙路上。尽管阳光灼热,沙却凉凉的,凉意亲吻着脚丫,真爽。

不知沙是善良,还是软弱,面对脚的压力,似乎一点也不反抗。缺少了反作用力,脚反倒挪不动了,越走脚印越深。仰望两旁的沙山,仿佛也越来越高。沙山似人工所为,有的前后重叠,前峰贴在后峰的胸前;有的左右并排,右峰靠在左峰的肩上。层次清晰,又浑然一体。

沙山沐浴着阳光,像金字塔,更像金子铸成的塔。我很兴奋,因为我正一步步走向文明与富有。

　　这时,一阵声浪由前向后涌来:"太美了!""太美了!"……伴着声浪,游人四下里散开。我本能地扯下丝巾和眼镜,看到了,看到月牙泉了!她像一块翡翠,静静卧在群山脚下,卧在群山的脚趾间。我向前挤,仍看不清翡翠的全貌。于是,我便爬上对面的沙山。这时,月牙泉尽收眼底。它东西走向,南面呈弧,北面也呈弧,酷似月牙。这就是她的芳名由来吧。由于距离较远,看不清水中的植物,也看不清水底的沙石,只感到一泓的蓝,一泓的水灵,像泛着清辉的月牙,更像人的眼——孩子的眼,纯净,没有一点杂质。

　　风来了,把沙山的外衣由上向下掀起,掀起……沙的外衣像金色的浪层层涌下,涌下,涌到山脚……月牙泉四周的芦苇起伏着,伸出臂膀挡着沙,怕沙迷了泉的眼。泉却漾起了涟漪,刹那间,由一个纯真的孩童,变成了妙龄女郎。睫毛密而细长,眸子水灵扑闪,秋波暗送,叫人销魂。这一刻,我忽而明白:使月牙泉濒临消失的是她自己。她,如此貌美动人,怎能不吸引周围的沙山向她移步呢?风停了,山峰仿佛矮了许多。

　　环视四周的沙山,只见一座座敞着胸,伸着臂,真有不揽月牙泉入怀不罢休的气势。我恐慌了,跪倒在沙山上,双手合拢在胸前——

　　沙山,月牙泉静如处女,纯如莲花,你如爱她,就做一个君子,从此止步,远观,而不亵玩。

天空之镜

天空之镜,会叫人想到"月下飞天镜,云生结海楼""皓月千里""静影沉璧"。但这里的"镜"似月非月,似镜非镜。它是盐湖,茶卡盐湖。

7月21日早晨8:50,我们来到了位于青海省海西蒙古族藏族自治州乌兰县茶卡镇附近的茶卡盐湖,来到了一个空灵梦幻的世界。

步入通往景区的路,让你想到白居易《琵琶行》中的诗句"未成曲调先有情"。景区两边画廊里全是盐湖美景:人如天仙,景如梦幻,激起游人几多期待。期待一睹盐湖的芳容,期待留下美的一瞬……有了这样的期待,脚步就更快了。一会儿工夫,我们便来到了盐湖。

站在盐湖岸边。向前看,雪亮的一片,直延伸到天边,苍凉而邈远;向下看,泛着清辉的圆形盐池,宽敞而圣洁。一座高大的雕塑矗立在盐池中央,上面镶嵌着红色的大字——"天空之镜";向上看,天空晦暗,云层叠叠,偶尔露出点湛蓝。太阳的光轻如蝉羽,柔和地搭在盐池上,盐池便朦胧成一块毛玻璃,空灵中又多了一份诱惑。风,是北方的汉子,粗犷而热情,拥着我们的身体,吻着我们的脸颊,把我们的头巾随手扯下,丢在空中,空中不时飞舞着彩虹。"天空之镜"在光与色的映衬下更加如诗如画。

我沿着台阶步入盐池。这里的池没有水,只有盐。满眼的盐似雪粒,晶莹着。我不忍心下脚,怕污染了池,又怕踩碎了盐。但身边一拨一拨的人走过,盐还是那么白,那么亮,那么颗颗成粒。池与池之间是盐筑成的桥,将盐池分割成形状各异的个体。顺着盐桥往前走,桥的尽头是一个半圆形的盐粒广场。成吉思汗的雕像坐落在圆心处,微微泛着青灰色。青灰色的戎装,青灰色的弓箭,诉说着一代天骄驰骋沙场的英武,诉说着"马作的卢飞快,弓如霹雳弦惊"的雄壮。是成吉思汗见证了盐湖的历史,还是盐湖见证了成吉思汗的赫赫战功呢?成吉思汗笑而不语。

穿过广场来到一眼望不到尽头的盐堤。盐堤的一边是一望无垠的盐湖。湖里的盐,分不出颗粒,像正在凝成的冰。冰上还有浅浅的一层水:又像玉,洁白无瑕。沉浸在并不清澈的水里,给人一种似透非透,似明非明的恍惚美。是的,它不是冰,不是玉,它是镜。镜中有天空,有云朵。目光舔着镜子,向远,再向远……只见天吞湖,湖衔天,湖天一色,是梦境里的童话,童话里的梦境,美得沁心入脾。闭上眼,醉了……

盐堤的另一边是木枕铺就的观光火车道。游湖观光的人,一车接一车从身边擦过。他们或拿着单反秒杀美景,或伸颈侧目,或微笑默叹,盐湖的魅力写进了他们的一颦一笑中。跨过车道,盐湖又翻到了"天光云影共徘徊"的一页:湖如镜,镜如水,水如光。湖倒映着天,倒映着云,倒映着人,呈现给人们的不只是空灵美,还有对称美。爱美的游人踮起脚尖,走上这面镜子,跳起了芭蕾,扮起了洪常青,模仿起林黛玉……或翘首昂视,奔放;或低眉颔首,羞涩;或单脚点地,鹤立……他们的努力,实现了他们的愿望,创造了一种不同寻常的美。这种美虚实相映,空灵互衬,人与自然美在了一起,鲜明而深刻。

看着火车道延伸向前,渐渐化为一个点。我知道,想看遍茶卡盐湖,只能是个梦。我俯下身,拾起一粒粒晶体,揣入怀中,揣入记忆……

抬眼望到美

秋分一过,白天是一天短似一天。早晨去公园晨练,5:20了,天还不大亮。顺着路边慢跑,有桂花香气袭来,阵阵浓郁。依香寻花,很快看到了灰蒙中的闪亮,桂花。黄灿灿的。心喜。

贪恋花香,脚步慢了下来,呼吸的频率倒是提高了许多。"哎哟!"脚下踩到一枚硬东西,差点崴了脚。原来是一枚银杏果,已被我踩烂。果皮黏糊糊的,粘在了地上,果在皮中间,叫人想到银杏果骨肉分离时的状态——从凸起的地方向四周剥下。

本能地一抬头,惊讶!树上满是银杏果,沉甸甸的。一阵秋风起,"咚、咚、咚……"冰雹一般。

银杏果黄黄的,没有光泽,像树上的叶子,失去了水分,失去了血色,憔悴着,几乎和叶子融为一体,分不出哪是叶,哪是果。我每天晨练都从这棵银杏树下经过,却不知这棵银杏结了果,且如此之多。银杏果伴着银杏叶一同青,一同黄,我便忽略了。它不像苹果、柿子,红红的,老远老远挑逗着人。

我习惯叫银杏果为白果,"白"与"百"同音。老家的人们一直这么叫。我叫了大半辈子,今天才悟出其名的由来——果子结得多。银杏也许只追求果实的多,而不在意果实的艳吧。

银杏果,有很好的保健功效,能促进血液循环,预防冠心病,增强记忆力,延长细胞寿命。这么富有价值的果实,却没有引人注目的色彩。何也?它是把所有的精华都收敛成营养了。

既而,我想起了一件事。一次,爱人到广州出差,买回了四个黑乎乎的东西,形似手雷,表皮粗糙,摸着像冬天的树皮。我拿起一个,凑到鼻前嗅一嗅,没有水果应有的甜香。我断定他在水果摊上捡了个便宜,糊弄我,便随手扔进了垃圾桶。

时隔一两天,他注视着我的脸:"呵,你这两天,年轻了许多,一定是牛油果的功效吧?"牛油果,好陌生的名字。我想到被自己扔进垃圾桶的黑乎乎的"手雷",迫不及待地上网搜索:牛油果是颇受女性欢迎的水果,主要功效抗氧,抗衰老……瞬间,我的眼珠不动了。

牛油果因为外表的另类,被我扔进了垃圾桶;银杏果因和叶子太和谐而被我忽略……我错过了多少有价值的东西呢?一直标榜自己审美品位高,现在看来,自己有多浅薄。

其实,只对外表观照,算不得审美。生活中的美,需要亲口品尝,需要抬眼细看。

梦幻乡村

下了车,做一次深呼吸,五脏六腑的位置一一清晰。我仿佛回到了老家,但又不是老家。老家山高岭大,这里,山不高,岭不大。一汪绿从半空中倾泻而下,成瀑,成潭,成溪……绿瀑四溅,将光折射,深深浅浅地勾勒着地理轮廓,物华岁月,沧桑并着年轻。绿潭打着旋涡,窝着木楼,窝着亭台轩榭,窝着田园风情。绿溪从容地流着,流着花,流着树,流着四季之梦。瀑、潭、溪,既各成一体,又彼此相连,和谐温婉,充盈着灵动、娟秀、魅惑。

这就是位于广德市邱村镇卢塘村的一处休闲度假区,占地720余亩,属于天目山余脉。它有一个诗意的名字——梦幻乡村。

我们循着石阶去拾梦。石阶在绿溪里逶迤,逶迤成"之"字。横柯上蔽,在昼犹昏,颇有几分梦幻。走过"之"的一捺,顶上一片光明。一束光带把果林一分为二,走在光带上,眼被光晃得睁不开。目光移向果林,林间有桃、梨、枣……桃,是毛桃,不多,间插在枣和梨之间,是楼宇间的竹篱,土俗成了风景。树上挂着稀稀拉拉的桃子,毛乎乎的,像没有开面的脸,稚嫩掩着成熟。梨和枣刚刚挂果。青涩的果,一枚枚探着脑袋,与游人有了秋的约定。

转过两个山嘴,便来到木楼茶室。木楼悬空山腰,环楼是露台,木栏护之,上饰花卉。月季端庄,鸢尾俏丽,番茉莉娇艳……小小的露台成了空中花园,成了山的眉眼,眉梢挑着春。走进木楼茶室,脚步不自觉地慢了,轻了。看着冷色调的四壁、地板、茶具,心静了。小巧的木盏,玲珑的紫砂壶,一个个,一把把,放置黎色的木桌,像古文字,写着古朴,写着幽静,写着佛意禅心。把壶,端盏,壶盏间悠扬起茶水声,如游丝,如碎玉;呷一口茶,闭上眼,便有遁入空门之感:"禅心已作沾泥絮,不逐春风上下狂。"

大嫂着一身菊青色的衣衫,依桌而坐,神情安然,像历经风霜的菊,淡定,清雅,融入了茶室的色调,沧桑高冷。大哥走得早,十几年来,大嫂扶孙、持家,走过的不仅是岁月。如今,她已年近古稀,身体多病。我早想代大哥陪大嫂游游山、玩玩水,却一直没能成行。想不到,这个五一,儿子儿媳为我了却了心愿。

出茶楼,穿小道,豁然开朗。东面一个亭,西面一个阁……遥遥相望。走进亭子,徒步的劳顿瞬间消失。凭栏观景,景色如画:近处,花摇曳,树披拂;远处,山叠翠,水成练。侧耳听风,风声似乐:"呼呼""哗哗"者,似管乐;"沙沙""丝丝"者,是弦声。萧瑟,缥缈,悦耳,沁心。

亭台或设圆桌座椅,或置秋千。桌椅原木树皮色,与亭台外的山林融为一体。坐于圆桌旁,满目苍翠,我不觉吟咏道:"王孙游兮不归,春草生兮萋萋。"

秋千通体乳白色,在棕黄色的木板、木栏的烘托下,颇有几分清雅。童心依然的儿媳坐上秋千,侧身,低首,作慵懒状。可爱的样子让我想起了"蹴罢秋千,起来慵整纤纤手……倚门回首,却把青梅嗅"的李清照。儿媳虽比不得李清照,但也冰雪聪明,纯朴,知性。与儿媳结缘,也算圆了一梦。儿媳是广德人,这次广德之行,是她安排的亲情游。我们一家四口偕同大嫂、侄女夫妇来广德走亲戚,访名胜。她为我们规划旅游线路,介绍景点,安排住宿就餐。我们游得轻松,玩得快乐。

站在亭中,东南而望,茂密丛林里有花花绿绿撑开的伞,那是民宿。民宿颇具风情,正六面体建筑,每面都是玻璃的,反着光,映着景,虚虚实实。房顶是塑料的,成伞状,红红、黄黄、蓝蓝……人类的智慧亮了自然的眼。

设若,夜幕降临,上灯了,屋内的灯光穿透玻璃墙,将夜点亮。彩灯环绕屋顶,或明或暗,与星空嬉戏。人在屋里看星星,星星在空中看房屋。人间,天上,如梦如幻。

晨光熹微,鸟儿在屋顶唱起欢快的歌,歌声脆响,惊醒了人,惊醒了山村,惊落一帘晨雾。雾,落入山,落入林,落入"嘤嘤""哧哧"的鸟鸣声里……太阳起来了,追着山,追着林,追着雾……雾散了,散成霞,散成绮,散向天际。人间哉,仙境哉。

离开民宿,迈向下山的路。山路依傍山溪,溪水潺潺,在人工牵引下,流成梯床。床上卧着睡莲,莲叶油光可鉴,含苞的花像眼睛,一目,一目,闪烁着娇嗔。溪的两岸,青树翠蔓,蒙络摇缀。野花,一棵,一簇,一片,疏疏密密,伸颈侧目,看着山溪,看着山溪里的自己,羞红了脸。

竹树掩映,金屋藏娇。这儿,那儿,藏着芍药。芍药在光的怂恿下,时不时撩拨着游人的眼。她丰满娇艳,有牡丹的雍容,有蔷薇的野性,是花之女侠,征服了身边的一切。比芍药更能俘虏我心的是野茶,一树,两树……嫩头攒动。我从小生长在大山里,与野茶有着不解之缘。野茶比庄稼地里的茶采期迟,映山红花开烂漫的时节,我们便放下书包,背起竹篓进山采野茶。野茶树少,茶头稀,找到一棵,恨不得连树采下……几十年过去了,我常常梦见在山里采茶。梦醒后,怅然若失。尽管常回老家,或错过了采茶的季节,或停留时间短暂,一直没能圆梦。面对一树野茶,像面对故人,我伸出颤抖的双手……双手在茶树上穿插,却没采下一枚茶叶。激动中,陌兮呼我:"金姐,看这儿。"我一回头,她正在为我拍照。

陌兮是我在笔会上认识的朋友,诗人。她本人就是一首诗,清新,浪漫,富有激情。我俩常在微信里聊天,也相约出游,总是定不下时间。今天,梦幻乡村把我俩约到了一起,真的像梦。

站在山脚下,回望梦幻乡村,依依不舍。梦幻乡村没有奇山,没有异水,也没有壮观,却叫人留恋。何也?它还原了生活,还原了记忆,还原了梦……其实,喧嚣的城市,被氧化的不单是环境,还有我们的情感。由此,我想到了这次出行,一家人自驾,简简单单,岂不是情感的一次还原?

枇杷花开

今日立春,一年里最好的时令。出门走走,让心透透气。

外面也是这般冷清,小区像散了场的剧院,空寂无声。马路兀自横着,偶尔有一两辆车驶过,车与车之间的留白,足以补叙一部长篇。

树丫指向天空,蓬头垢面,树干上的疤痕,像人的嘴巴,张着,它也诅咒寒冬吗?

路边的草黄巴巴地伏在地上,有的草头已被行人踩入了泥土。"律回岁晚冰霜少,春到人间草木知",已立春了,树与草还没收到春的消息,它们与春的联系被阻隔了。谁如此残忍呢?

走了好长一段路,没遇见一个人。想起辛翁的词"春已归来,看美人头上,袅袅春幡",这样争妍斗艳的春色,这个春天怕是难遇了。我走在灰色里,灰色走进我心里。

意兴阑珊,欲转身,抬眼处绿叶丛中点点粉嫩在阳光下闪耀着,跳动着,挑逗着我的眼……

我疾步上前,一棵倒地的枇杷树开花了。一簇簇蕾,一簇簇花,在绿叶间嬉笑,笑声聚焦了光,晃着我的眼。绿叶肥大厚实,参差错落,填满了树枝间的空隙。枝丫披拂,像一面大扇子,把树干扇进了绿叶里。明艳的花、圆润的蕾散落在绿色的扇面上,把枇杷树装点成了张开翅膀的孔雀,春意融融。

"我在开花!"它们嚷嚷,"我在开花!"它们在笑。

瞧,花儿有的吐蕊含馨,有的娇羞待放,一束束,一团团,粉白、驼黄……这儿,那儿,闪动着,明媚着,把春天点亮。

花儿玩起了美艳接龙,一朵挨着一朵,接连向上,开成了树,开成了塔。花朵酷似山茶,花瓣粉白色,是将落未落的雨滴,弧线圆滑,柔嫩滋润。五片花瓣微张、微颤,把丝状的花蕊宠得楚楚可人。

花蕾攒成团,缀成棒,落成珠……每一个花蕾都盛满生命的琼浆,圆鼓着,青涩着,表面有浅浅的茸毛,像一枚驼色的小橄榄,又像一个忍俊不禁的笑容。

这棵枇杷树原本在十字路口立着,迎送八方过客。去年夏天,道路改造,施工的铁锹、铲车,挖断了树的须根,铲走了树根部的沃土,树也被推倒在地,根裸露着,泥土覆在枝丫上,凌乱的叶子卷曲着……"吱——吱",我听到枇杷树在危难中呻吟。

每次路过,我都为枇杷树祈祷,祈祷秋天,祈祷一场秋雨。

秋天来了,枇杷树却雪上加霜。近两个月没下一滴雨,枇杷树露在外面的须根枯死了,被好事者折断,扔在一旁。我痛心、落泪,以为再也看不到枇杷树的生机了。可是,熬过秋冬,枇杷树竟花满枝头,灿若孔雀开屏。

没有赏花的人,没有伴唱的鸟,枇杷花就这么热闹地开着,芬芳着。沁人的清香浸润了我的心房,化解了20多天来积压在心头的恐慌与焦虑。

人类和自然一样,都会遭遇这样那样的灾难,但生命是顽强的,生命的长河是无止境的。

"嘤——嘤",不知从哪飞来一只小蜜蜂,伏在花朵上。"嘤嘤——嗡嗡"吟唱着:"东园载酒西园醉,摘尽枇杷一树金。"

我陶醉了,闭上眼,树上仿佛满是金黄的枇杷。

立春,春在枝头,春在路上……

写于庚子年立春

蟹爪兰

推开家门，南面阳台一团嫣红扑入我的眼里，心喜。我顾不得换鞋，踮着脚直奔阳台。万点嫣红扮葱绿，一盆花开一盆春。我伸出手想捧它入怀，却不敢触及。绿中带紫的茎，嫩嫩的，扁扁的，一节连着一节，仿佛稍一触碰就伤了其筋骨。含苞的，吐蕊的，你不让我，我不让你，争妍斗艳。有的像一粒红豆，镶嵌在茎的截面，矜持而又灵巧，似在窥视着未知的世界；有的像一枚红色的玉簪，光滑润泽，簪在茎的头顶，茎便有了几分优雅；有的像一个娇羞的少女，红唇皓齿，挑逗着茎，挑逗着我的眼。叶形的花瓣，薄如蝉翼，红如朱砂，一片一片，依在花托上眺望，眺望成一朵精神饱满的花。花丝细如牛毛，白如葱根，一根根自由地呼吸着。精气凝成针尖儿状的花粉，一粒一粒，装饰着花朵。花柱紫色，一枝独秀，被花丝宠着，尽显阴柔之美。

去年夏天，我上完形体课，太阳正在头顶，火辣辣的。我怕晒黑了脸，努力将头往下低。这时，我看到了一个比我晒得更惨的生命——躺在路上的两节蟹爪兰。它体内的水分似蒸发干了，蔫蔫的。一种怜悯涌上心头，它也是生命，生命都有活着的权利，我不能见死不救。俯下身，见其身上留有自行车轮胎的齿纹，分明是受自行车碾轧过，它还有救吗？我捡起，用手指掐下一点皮，手指感到了生命的存在，欣喜。我将它轻轻地握在手心，塞进了包里，一路小跑回到家，把它安插在盆里，浇足水，放入室内。半天过去了，它仍蔫着。晚上，我又将它搬到露台,一夜的露水滋润,它精神抖擞地立起来了,生命的鲜活给了我莫大的慰藉。它活了,一天天地生长着。可是,在茉莉、月季、幸福树中,它却显得那样单薄,三四节扁平的茎杆在盆中,既缺阳刚,又乏阴柔,从上到下,一身的不自信。看着它,我仿佛看到了年少的自己。

那年,我8岁,和我一样大的小伙伴都去上学了,父母没有5角钱送我上学。我跟在小伙伴身后,偷偷溜进教室,躲在课桌下。我没有书,也没有身份,在教室里,在小伙伴之间是一种多余……我端起蟹爪兰,放到阳光充足的地方,鼓励它好好地活。蟹爪兰没有辜负我,两个月过去,它由四节长到了五节,根部还发出两片幼茎,我喜出望外,相信它会开花。然而,10月过去了,11月过去了,它仍灰头土脸,好像从未考虑过我的期盼。

小年,我清扫阳台,发现蟹爪兰竟做了"美甲",茎的截面被点上了玫红,娇俏可怜。心乐。我赶忙把它端入室内。娇小的花骨朵在温室里一天天饱满,成了玫红的玉簪,煞是好看。新年的早晨,玉簪成了一朵朵玉兰。蟹爪兰有灵性,知冷暖,把她生命中最美的时刻给了我的新年。心感动。

春天来了,蟹爪兰跟着春一起长,昼吮阳光,夜吸甘露,像二八少女,一下子丰满起来,把花盆掩得严严实实。渐渐地,我偏爱起它来,小小的露台成了它的独享。"蛾眉曾有人妒",风怀着嫉妒,深夜偷袭,将蟹爪兰连同花盆一起掀翻在地,盆烂了,蟹爪兰被埋在了土里。我小心翼翼地将它刨出来,它已腰折、腿断、手损……不成样子了。心痛。缚线接骨,把伤残的蟹爪兰又插入盆里,精心照料着,不求它开花,但求它活命。它活了,一个夏季的调养,它拔节,吐幼,初秋又是一盆葱绿。

深秋,我去宁夏,赶7:50的班机,走得匆匆,忘了端露台上的蟹爪兰。一星期后回来,蟹爪兰已面目全非了。楼上装潢,竟把铲除的墙灰从阳台往下倒,灰尘和着露水把蟹爪兰整个儿裱糊了,一片片扁茎像一张张灰色的袼褙。我欲哭无泪,把它浸在水里,用毛刷、棉球为它一点点清洗,剔除残茎。它一下子瘦了,瘦了许多。心疼。我的蟹爪兰今年不会开花了。

入冬,嫂嫂打电话给我,说家里养的蜜蜂起蜜了,让我回家尝新鲜的蜜。

天天喝新鲜的蜜,乐不思蜀,一住就是一个月。天气骤然降温,我担心起阳台上的花花草草,打道回府。谁知,我一进家,蟹爪兰却花开如春。

端起蟹爪兰,放在实木花架上,我端详良久,思绪万千。

今年初春,因疫情,长时间在家隔离,焦虑,压抑,身与心都扛不住了。5月初,我住进了医院,手术。出院不久,又闻小哥患了癌症。我情绪低落。一位好友有事联系我,我顺便把这一切告诉了对方,对方轻描淡写道:"好好休养。"便不再多言。生命脆弱,友情苍白。我的意志和热情彻底被摧垮了。

夜里,我睡不着觉,听窗外雨声簌簌,起身,依窗,凝望。雨密密地织着,织成无边无际的帘,帘中的一切与我隔膜着,树、草还是那般苍翠,雨落在手上却是凉的。季节的老,不是时间界定的,也不是肉眼能看见的。犹如一个人的老,看到的是一缕白发,一丝皱纹,看不到的是突然发生的事,是倏忽改变的心境……

早晨吃饭,胃口不好,目光便落在一瓶花上,那是侄女寄来的千代兰。聪明的侄女见我一两个月都没发朋友圈了,知道我的异常,又不好多问,便寄来了贴心的问候。紫色的千代兰,没有叶子衬托,没有香气渲染,就那么开着,说不上张扬,也说不上矜持,每一朵都是一只振翅的蝶,那姿态,那神情都像奔着一场花事。她不知道自己根已断,时日不多了吗?我起身,轻轻托起一穗花,颜色上面浅,下面深,它的生命在沉淀,沉淀成深深浅浅的紫,沉淀成兰的高雅。心软。走向阳台,蟹爪兰绿意盈盈,绿中又带着微紫,彰显着旺盛的生命。肆虐的风伤了它的皮肉,没能摧毁它的心。千代兰,蟹爪兰,它们的活法是对蕙质兰心的新解。心悟。回房,把电脑搬到床头,躺在床上,我敲起了键盘……

前天,一位朋友告诉我:梅患了癌症。我心一阵绞痛,两天来,焦虑不安,不知道怎样开口安慰她。此时,我知道了,明天去看她,带上这盆蟹爪兰,蟹爪兰会慢慢对她说……

脚下有乾坤

早起,我走进书房,点开轻音乐,铺好瑜伽垫,练"踮脚"。即两脚掌自由伸开,两脚跟并拢踮起(最好与地面成45度),落下。

这项运动是朋友告诉我的,说能减腹部赘肉。

伴着脚跟的一起一落,腹部肌肉做规律性抖动,多余的脂肪仿佛正被一一抖去,心喜。

再踮起,再落下……持续十几分钟,垫子成了磁石,我的双脚成了铁块。我用尽全身力气,脚才勉强离开垫子,但瞬间又和垫子如胶似漆。坚持——我咬着牙,命令自己。可双腿酸得支撑不住身子,一个踉跄,我倒退几步。我怕摔倒,身体下意识地向前。这一刻,我惊呆了——垫子上竟印着美妙的图案:脚跟内侧形成的弧线,流畅地向外延伸,直至与脚边相交,成为一颗"心"。两颗"心"既相连,又相离,形成直角。最妙的是脚掌的宽度恰好与"心"的边缘相等,构成了正方形。正方形的四周是圆的"脚跟"和圆的"脚趾"。

我不敢相信自己的眼睛,准确地说,我不敢相信脚下竟有如此完美的方圆和谐图。我俯下身,双膝跪地,双手轻轻地贴在胸口,莫名的感动使我不能自已,泪水滴在了图案上……

造物主用心、用情、用意把美妙绝伦的艺术造在我们的脚下,我们该怎样感恩呢?

面对图案,我思绪万千:圆,道家通变、趋时的学问;方,儒家人格修养的理想境界。"智欲其圆道,行欲其方正。"方圆结合,寓意着道儒互补。黄炎培教育儿子道:"和若春风,肃若秋霜,取象于钱,外圆内方。"想不到,象征无限玄机的方圆和谐图竟在我们的脚下。

带着新发现的感动,我又练起"踮脚"来。踮起,落下,每完成一次,我便将脚移出垫子,欣赏,膜拜。

几次三番,我发现:不是每一次都能出现方圆和谐图。只有当两脚跟用力相等,两脚掌自然摆开——既不过于张扬,又不刻意收敛,方可。否则,留下的脚印或模糊,或不成方圆。

垫子上脚印的变化让我想起毕淑敏老师的一句话:"丈夫和妻子就像一个人的左脚和右脚,抬起落下,忙着走路。如果一只脚总是在原地站着,无论怎样小心,终将失去平衡倒下。"脚下方圆图不正是左脚和右脚起落一致的杰作吗?

天圆地方乃宇宙乾坤。脚下原本就有乾坤,可惜的是,许多人如我,或走路时间长了,忽略了左右脚的协调,摔了跤;或喜欢抬眼看前,昂头朝天,错过了脚下,错过了乾坤。

味蕾上的哲学

入夏以来,第一次买西瓜,我围着一车西瓜,挑了半天,才选中一个浑圆的青皮瓜。看一看瓜蒂,有稀疏的成熟纹;屈起四指敲一敲,"嘣——嘣"的,应该是个熟透的瓜。

一到家,我便忙不迭地洗瓜、切瓜。鲜红的瓤,亮黑的籽,令人垂涎三尺。切下一块,拿起,瞧它水生生、红通通的样儿,我不忍心张嘴,唯恐这滋润的美瞬间消失。但馋虫爬到了嘴边,痒痒的,我便闭上眼睛,张大嘴巴,一口咬下……不料,溢满口中的似潲水,再嚼一嚼,酸中带着苦涩。

我蒙了,这么好的瓜,为何不好吃?不免埋怨起瓜农,为了增产,什么新科技都用上了,坑害消费者。

收拾着西瓜,准备扔了。那缀着黑宝石的红润,着实叫人怜惜,便又削下一片,微微张嘴,小小一口,嘴里顿时有了新鲜的汁水,甜甜的;再咬一点嚼嚼,沙沙的,忒爽口。我怀疑起自己的味觉,盯着两片吃过的瓜,来回地看……原来,味蕾上的苦涩与甘甜,缘于深刻与肤浅。第一口太深刻了,苦涩;第二口肤浅点,甘甜。

"深刻"与"肤浅"是矛盾的统一体,有深刻就有肤浅,理应无褒贬之分。但在人们的意识中,"深刻"是褒义,"肤浅"是贬义。这点,我读四年级时就懂得了。

一次,我和班级一位女生打架,她的鼻子流血了。班主任让我写检查,认识错误,教育我要团结同学。我不敢违抗师命,但心里很是不服,谁叫她仗着老师的宠爱就在同学面前霸道呢!我思来想去,就在检查中写道:"今后,我一定团结班上 10/11 的同学……"我很为这句得意,读时,故意放大嗓门。同学们都张着嘴巴看着我,也许弄不明白。班主任皱了皱眉,领会了:我班 22 名同学,除了那位女生,除了我自己,只有 20 名了。10/11 的意思是秃子头上的跳蚤……于是,班主任把桌子一拍,训斥道:"不像话!太肤浅了!重写!"那一刻,我便知道"肤浅"是贬义词。现在想来,我岂是肤浅,分明是太深刻了嘛。

"深刻"与"肤浅"孰褒孰贬?我想不能一言概之。认识领域,思想的深刻、研究的深入会推动科学、文化乃至人类进步,深刻好,圆周率小数点后的数字就是一例。生活中,肤浅也很必要,不仅是吃西瓜。

早晨起来,我站在窗前,一边拉伸,一边欣赏窗外的景,最为关注的是树。因居高临下,一棵棵树,一排排树都尽收眼底。我时而俯视,时而远眺,看到的景迥然不同。眼前的树,枝头稀稀拉拉,几片绿叶弱不禁风。远处的树已葱葱郁郁,一派成熟,以一种精神感召着我。我心中升起一种莫名的感动,有了追求深刻的欲望,便停下拉伸,匆匆下楼,直奔远处……结果,远处的树成了眼前的树,心中的感动瞬间消失,取而代之的是无尽的沮丧。

又想,童稚时,夏日,盼下雨,盼雨后的天空,盼天空的彩虹。由于肤浅,总以为天上出现一道彩虹,就有公主与王子走到一起……肤浅启迪着我幼小的心灵,向善、尚美;长大了,深刻了,彩虹竟成了枯燥无味的名词:光的折射。

晚上散步,路过书摊,偶尔停下来看看,野史类的书居多。这类书,随便翻翻,倒也能开心一刻;倘若静下心来细嚼慢咽,就可能倒胃口。一次,我买了本书,坐在床头,聚精会神,读着读着,不禁哑然,分明胡诌嘛。无独有偶,某部网络爱情小说中的两对青年男女之间的感情纠纷把我拽了进去,我废寝忘食……读完,掩卷深思,脑中一片空白,再究其语言,那真是筷头剔牙——太粗了。

闲时,我也爱重温旧书。《徐志摩散文》——年轻时读过,由于肤浅,竟把徐志摩视为小资作家,认为他的文字唯粉红爱情。而今细细读来,才懂得徐志摩的笔下不乏景,不乏情,也不乏哲理与人生。"聪明的人,喜欢猜心,也许猜对了别人的心,却也失去了自己的。""感情随着时间沉淀,感觉随着时间消失。""如果谎言是一种伤害,请选择沉默。"……这样的文字,怎一个"情"字了得。联系那个时代,便懂得想象与浪漫无疑是抵御精神毁灭的武器,相对那些用文字发牢骚、指桑骂槐的文人而言,徐志摩是真正的积极、乐观者。

读这类书,犹如掘井,越深刻,水质越好;读野史类书犹如赏桃花,只能走马观之,倘若为此驻足,摘一瓣,放在嘴里咀嚼,苦涩的本质便冲淡了娇艳的美貌,叫你留下深刻的遗憾。

吃瓜、读书如此,为人何如?

《论语·学而篇》道:"巧言令色,鲜矣仁。"意思是花言巧语,装出和颜悦色的样子,这种人的仁心就很少了。想一想,身边还真不乏这种人。多年前,我调动工作,进了新单位,人生地不熟。这时,一位副校长出现了,她笑意盈盈,常到我办公室,嘘寒问暖,临走时都要补一句:"安心工作,遇到困难,我会帮你解决的,相信我。"我感动不已,心默默地走近她,感激,敬佩,直至交心……一学期过去,她升为正校长,来办公室的次数少了。我工作遇到了困难,去请教她,她却盛气凌人,将我呵斥、指责……一时间,交出真心后的寒心,人格的受辱,我恨不得找个地洞钻了。怪谁呢?只能怪自己为人太"深刻"了。

也有一种人,不苟言笑,貌似冷酷,有拒人千里之嫌。人们常以"木讷""不通人性"称之。但这种人中也不乏有德之人。"刚毅木讷近仁",沉默寡言,在孔夫子看来近乎仁德。与这种人相处,是不是该深刻呢?深刻了,走进了他的精神世界,才能感知其人格魅力。

吃瓜、读书、为人,看似毫不相关,其实,道理相通。吃瓜肤浅了,的确不经济,但吃瓜的目的不是为了经济。读书,是为了获取精神食粮,启迪灵魂、唤醒智慧是干粮,开心一刻也是豆包。与人相处,以求悦己悦人。我们如果能把握好味蕾上的哲学,让自己尝到的是甜头,看到的是彩虹,汲取的是优质水,岂不美哉?

惊蛰

　　橙色的云浮在头顶,晨曦躲在它的背后,云便有了透明的趣味。橙色的内部早已织好了淡紫色的衬里,一阵风来,云向四周扩散,散成一片。云的外表和衬里贴在了一起,是橙,非橙;是紫,非紫。煞是好看。云向下飘,飘着,飘着,飘到了我的眼前。我伸手,它向上;我收手,它向下。我急得跳起来抓……醒了。惊!

　　近一年多来,我常做类似的梦。暗是亮的影子,梦是醒的影子。是醒着的我虚无缥缈,还是我从未醒过呢?心像打碎的瓷器,溅向四面八方,想聚拢,缺了这块,少了那片……

　　窗外传来一两声鸟鸣,声音分明受了挫折,从鼻腔中发出。我知道天阴了。晴朗的日子,鸟声是响脆的。

　　出门,一股凉风夹着潮湿扑着我的面。我打了个哆嗦,乍暖还寒。天微眯着眼,暧昧着,怀着满腹的心思,欲说还休。

　　不自觉地向公园走。日日走的路,今天却变得如此陌生。天空被楼房挤成一条缝,雾裹着迷茫从缝隙中漏下,漏在我的额上,眼睑上。于是,眼前迷茫,心里迷茫。路旁的小草,许是受了树的委屈,脸上挂满了泪,生出一副可怜样。树高高的,每一根枝丫都奔着梦长。它们或许没在意小草。路东的"G城"(小区化名)在晨雾中静穆着,浑身上下透着不动声色的奢华。紫砂色的欧式建筑,200平方米以上的复式户型,端庄大气。钢质镂空的院墙,一人高低,使得院内与院外似隔非隔,路人居住的梦便由孔而入,落在了院子里面。院墙上张贴着宣传画——梅兰芳的贵妃醉酒剧照。意思明了:"G城"是楼盘中的精品,是有身份、有地位者的居住标配。是的,它得天独厚,是经济开发区地盘中的珠宝。东携商业中心中环城,南邻生态翡翠湖,西傍健身娱乐公园……它布局合理,设施齐全。小区内,亭台轩榭,香花满径;假山池沼,鱼翔浅底;咖啡厅格调高雅,游泳馆彰显生命的活力。"G城"就是个梦。梦里有笑,有泪,有解不开的谜。

漫步到翡翠湖。没有阳光,湖格外安静,像月子中的女人,面容温润而光洁;又像硕大的浴盆,盛着春的灵动。我疑心有仙女坐浴,虽不见芳容,但仙气氤氲,浅浅地笼着。是天的梦落在了地上。湖中倒映着楼宇,实体一般。近处的树、藤、草也钻进了湖里,或依楼而立,或缘宇攀爬,或浮在楼宇间嬉戏……它们在湖中汇聚,卿卿我我。

若夫云开月朗的夜晚,上灯了。岸上,灯火万家;湖里,万家灯火。清风徐来,湖中的楼房抛开了矜持稳重,扭动身姿,折腰于柳树。柳树拂动水袖,与楼若即若离。湖便上映着皮影戏,悲欢离合。湖岸的彩灯忽明忽暗,湖里的景致影影绰绰,扑朔迷离,海市蜃楼一般。环湖的楼房因了这湖,身价倍增;湖因了四周的楼,满身珠光宝气,直叫人爱到骨子里。

依湖而建的是"玫瑰园",坐西北朝东南。由东南往西北依次是别墅、多层、高层。无论哪间房屋的主人,都能将翡翠湖尽收眼底。设想,晨起,凭栏远眺,看晨曦如纱,湖水粼粼;夜来,启窗揽月,听嫦娥低语,人间天上,玫瑰盛开……2012年小区开盘,也就几千元一平方米,可惜,囊中羞涩,买不起。现在已涨到几万元一平方米了,筑巢玫瑰园,于我,只能是梦中梦了。

但居住其中的人多半并不图这里的环境,他们图的是房子的身份——学区房。有的家庭倾其所有,购买房子,购买孩子上名校的资格。孩子毕业了,房子就转让了,于是,这里的房子多半三年一易其主。滑稽中圆梦几人?

曾在养生馆遇到一位女士,她眉目间透着书卷气,只是眼神黯然,有几分抑郁。谈话中得知是老乡。问起她的工作单位，她的回答令我惊讶。她已辞职两年了，陪儿子读书，就住在玫瑰园小区，还说急等孩子毕业，卖房还债。问及孩子的学习情况，她暗淡的眼里噙满了泪花，只是摇头……听养生馆养生师说，她原是一家企业高管，儿子上初中了，便当了全职妈妈，全职负责儿子的学习、生活。儿子成绩不理想，她精神崩溃，身体也随之出现不适，常常来养生馆调理。我为其叹息。像她一样筑梦的人又有多少呢？

"轰——隆——"打雷了。声音闷而沉，仿佛怨气淤积良久，终于爆发一般。我虽受了一惊，却心生欢喜。毕竟是牛年的第一声雷鸣。"嘀嗒！"手机响了。点开手机，文友发了两句诗："震蛰虫蛇出，惊枯草木开。"真佩服文友的迅雷反应。这是白居易的诗，意思是雷声震动，使得蛰虫出没，枯草开始发芽。滑屏到日历：3月5号，惊蛰。这雷便是名副其实的惊雷了。

天闻惊雷，喜极而泣。泪水落在湖上，湖面冒着无数的泡泡，那是鱼儿在歌唱，把欢喜相传……泪水落在泥土上，溅起一个个笑窝，浅浅深深，连成一体，是蚯蚓蜿蜒，是虫蚁伸着懒腰……泪水落在绿色的植被上，植被如酵母，滋滋发酵……滋滋声中，植被渐渐绿，渐渐厚，渐渐向四周伸延，伸延出诗，伸延成远方……

想到诗和远方，我害怕起来。虫蚁深眠时，如果做梦，梦的一定是春雷，是春天，是自由地呼吸……它们的诗如此切近，我的诗是那般遥远。心下起了雨。

我俯下身子，贴近大地。大地如生命的丰乳，温存着我的灵魂。"簌——簌"，我听到了大地的声音：孩子，不是每一个笔端都能流淌出诗，不是每一双脚都能抵达远方。

惊蛰，虫蚁醒了，我醒了……

空

早起,走进书房,掀帘,拉窗。窗移动少许,一股冷气夺缝而入,我的手与臂顿时分离:一处于秋,一处于夏。不期而至的降温让我不知所措,慌乱中竟用力将窗子全部打开了。风,疯了,向我扑来,我本能地关上了窗……

这时,方看清窗外的世界:淡灰色的楼群,静穆着,楼群中三三两两亮着的灯,红肿着,像离人的眼。不远处的树东倒西歪,像醉了的汉子,又像受惊的小鹿,恐慌着……

我换鞋,拉伸。手触之处凉凉的。窗子一瞬间敞开,冷空气向书房席卷而来,一个季节储蓄的温度一下子被抢掠一空,旮旮旯旯,都寻不到夏的影子了。

想来一个多月,虽是秋季,却时时浸润在夏的激情中,那潮湿、燥热的夏黏糊糊地裹着秋,滋润着秋。尽管是不正常的气候,但毕竟实实在在,摸得着,看得见。

坐在地板上,失魂似的,莫名的伤感。练不了瑜伽了,便撑着地板站起来。

目光不自觉地又望向窗外:树还在一个劲地摇着,树顶上的叶子,不知是否被摇晕了,面色苍黄,翩翩扇动。它们是向路人求救,乞求路人给它们力量,留住夏吗?

扇动中,一片叶子落了下来,我的心一沉,昨天,它或许还在夏的爱恋中数着幸福,今天就面临着秋的凋零……际遇原来是风,给你温柔,也给你凛冽。

可是,叶子太脆弱了,又怎能经受得了凛冽呢?片片落下……

我把目光投向远处,远处……疑心夏没走远,或许只是和秋嬉戏,藏着,藏着。远处,远处又是哪里呢?我无法寻追,拉回了目光。

转身去厨房烧水。拧开水龙头,水淋在我的手背,温温的,水的身上还有着夏的体温。原来水懂得爱,用铜墙铁壁保护着夏。装水通电,水壶也进入了秋,反应迟钝了,好久,才发出"呲呲"的声音,仿佛是谁在哭泣。

水开了,沏上一杯茶,静静地坐着。杯中的茶叶受了水的浸润,慵懒地将身子舒展,舒展,成蕾,成朵,成瓣,进而成了清晰的叶。伴着茶叶的渐变,水一点点由清亮变得微黄,融入了秋的血液。"空山夜雨,万籁无声",心愈加悲凉……

"嘀嗒!"手机响了。文友推荐美文:《人生最高的享受是寂寞》。我点开文章,庄子正襟危坐,教化道:"夫虚静恬淡寂寞无为者,万物之本也。"夏的骤然离去,是要给秋一份恬淡,让秋更好地感悟生命,认识自己吗?

我疑虑着,手机又响了。《眼眸山海花落尽,心底苍穹梦飘零》,美文于我是应心了。我满怀期待,欲在文中找到夏的去处。文章是秋的颜色,淡灰色的,清冷。诗意的感伤让我泪眼婆娑:"所谓生活,就是你要习惯任何人的忽冷忽热,也要看淡任何人的渐行渐远……"

反复咀嚼,区区几十个字,是否要一生才能领会呢?

屋内越来越暗,偎依窗前,路上的车子一辆挨着一辆,天晚了,远处模糊了。

夏,走远了——

夏没有错,错的是我们。我们还没习惯季节的冷或热,还没看淡它的渐行渐远……

写于 2019.10.5 天气骤变的当儿

不止梅花

天气骤然降温,连被窝里的温度也在下降。我努力地把身体蜷缩:"讨厌这鬼天气。"身旁的他说:"不是你讨厌,都讨厌。""不对,有一样东西不讨厌——梅花。'梅花欢喜漫天雪''梅花香自苦寒来''有梅无雪不精神'。"我一口气说完,他看着我,我看着他,都不再说话。半天,他冒出一句:"为自己的偷换概念无语吧。"

我是无语。对自己的"一样东西"无语。世界如此大,万物如此多,我才知多少呢?凭诗文中的点滴,对事物妄下断论岂不无语?不说世界,只说身边。喜欢这种鬼天气的东西很多,并非只有梅花。不说羽绒服、皮大衣,就说很小的手套、围巾吧。憋屈在柜中屉中,很久没有见过光了,它们早就盼着降温,盼着与主人亲热,盼着看外面的世界……你如懂得万物,此时,你一定听得见它们小心脏的跳动。温度下降,冰箱、冷柜工作时间也随之缩短。你想,如果五天工作日缩短成四天,你会不欢喜吗?

我的"一样东西"乃一叶障目,绝对化了。

想来,生活中语言绝对化、观念绝对化的现象还真不少。譬如某一人说自己喜欢独处。但再安静的人,兴奋的时刻,也可能不愿独处,而是渴望与人分享,至少是与另一个人分享。这里的"喜欢"就绝对化了。谈到夫妻信任度,就有"我俩之间没有任何秘密"之说。我想,这里的绝对化是不言而喻的。心理上偶尔产生的渴望、厌恶,不值得对对方说,或值得说却没机会,抑或有了机会却忘记了。但渴望、厌恶必定是存在过的,事物存在了,他人不知,就是秘密。

再想,绝对化成人居多,孩子甚少。说白了就是自我意识和经验主义。我的观点就是一切,书上得来就是真理,非白即黑。而生活中很多人、很多事是非白非黑的。如果一定要用黑白来界定,岂不委屈了许多?

我做了半辈子教师,生活圈子很小。就这很小的圈子里,绝对化现象也很普遍。"师者,传道授业解惑矣。"这里的"传道授业解惑"应该是模糊概念吧。但评价教师的人或机构有时偏偏要绝对化,绝对到受业者无惑的程度,绝对到数字、小数点甚至小数点后面的两位数。教师本应崇尚德高身正,修炼自身。但在绝对化面前不得不信奉运气,遇到好学生,就能遇到成功的自己。

教师受害,学生亦然。记得,我们学生时代,评价一个学生的依据是"身体好,学习好,品德好",进而评价内涵又丰富成"德智体美劳"。奇怪的是,到了今天,评价一个学生常常绝对到只看分数。一个孩子如果没有这方面的天赋,即便再努力,也看不到成功的自己,久而久之,信心丧失殆尽。

可见,绝对化毁灭的不只是观念,还有人。

气温骤降,欢喜的不止梅花。

看花

风向着雨,伞便无可奈何。刚出门,伞就被风掀翻了。伞翻脸的一瞬,眼前一亮。东南墙角,虬枝间零零星星的黄,晶莹润湿,是雨的眼睛,点亮了赭色的墙壁。走近,有暗香浮动,蜡梅。梅依墙而生,粗细不一的梅枝像从墙壁里长出,或随意,或刻板,酷似画家走笔。枝条上的枯叶微颤着,仿佛一闭眼,就落了。花朵零星,是没睡好的眼,眼睑沉沉地垂着,叫人想看到那孕育芳香的瞳子。轻轻托起一朵,凑上去……我断定,蜡梅此时也注视着我,那袭人的幽香是她火辣辣的目光。刹那间,我真切地领会了一个词语——受宠若惊。蜡梅应是开了多日,我确也天天路过这里,我没有看见梅,是梅不愿看我。此时,不是我看见了梅,是梅临幸了我。

忽而,脑海里浮现出繁花盛开,人头攒动的场景,那是赶花会。我赶了很多场花会,今儿在大脑里搜索,却没有一朵花的印象。想起宋词里的句子"着意闻时不肯香,香在无心处",那些赶花的人们,也许如我,为花而看花,未必能看到真的花。

我生在大山里,大山里最不缺的就是花。春天,杜鹃满山;秋天,菊花遍野。我走在花里,却看不见花。杜鹃嫣红时,青黄不接。我眼里的杜鹃花,是能充饥的食物。我常和小伙伴上山,将杜鹃连枝折下,抽去花丝。花丝是不吃的,大人说杜鹃花的花丝吃了,会烂鼻子。一把把杜鹃花揉进嘴里,晒着太阳,那感觉,像后来的初恋,温暖,甜蜜。

我先天多病,不能和小伙伴们一样野。常常一个人在门前的小路上,挖草根,捡石子……春天来了,就坐在田埂上,看一田的紫云英。那时,我叫它红花草,人们都这么叫。红花草油绿绿的叶子,紫色的小花,满眼,满田,一半开在阳光里,一半开在大山的影子里。于是,深深浅浅,深深浅浅地眨着眼睛,像夜空里的星星。风来了,它们伸颈侧目,羞答答地合上了花瓣。我疑心紫云英长大是要嫁给风的,邻家嫂子没过门时,一见哥哥就是这个样子。现在,邻家嫂子嫁过来了。她梳着两根乌黑的大辫子,辫梢上系着一撮毛线,紫红的。她到河边洗衣,经过我身旁,辫子一甩一甩的,那紫红的毛线球晃着我的眼。我总不自觉地伸手摸一摸自己的头,摸到的头发,稀稀拉拉。我不甘心,随手采一把紫云英,顺手拽几根草,将其扎住,扎成花球,顶在头上。这时,满田的紫云英都朝我笑,我也笑了,笑得前俯后仰,仰倒在田里,无数双细软的手托着我,我的心一下子满满的。长大了,读到有关紫云英的诗句"沽得梅花三白酒,轻衫醉卧紫荷田",谭公醉的不是酒,是紫云英。在欢快的诗句里,我读出了莫名的无奈与惆怅。少时,我眼里的紫云英是心中渴盼的友情和爱。

看花是花,大概是豆蔻之年,在堂姐的闺房。堂姐有一双丹凤眼,一头自来卷的头发。老人说,头发自来卷的人命好,可堂姐的命并不好。她10岁时得了癫痫病,聪明活泼的她一下子傻了。发起病来全身抽搐,口吐白沫。不发病时,也很少说话,安安静静的,或倚门而坐,或侍弄着花花草草。她侍弄最多的是凤仙花。如看到她脸上挂着笑,那一定是凤仙花开了。凤仙花一开,堂姐就快活起来,她摘下一朵朵凤仙花,小心翼翼地剔去花叶,放进小巧的木臼里,再添加一两颗明矾,满心欢喜地捣。喜悦合着捣的节拍从她的眉宇间流出,流过鼻翼,流至嘴角,她嘴角微微上扬……不一会儿,凤仙花和着明矾成了泥。堂姐用小勺子将花泥一一挑起,敷在指甲上,用布裹紧。一天一夜后,指甲就变红了。我总是第一个看到堂姐红指甲的人,每每都是我帮她的手指拆线松绑。或许因为这,堂姐喜欢我,处处护着我。一次,伙伴们玩骑马的游戏。大家都不愿当马,便将一旁的我拉去当马。四五个人轮换骑在我背上,我敢怒,不敢言,一任汗水伴着泪水流……堂姐看到了,瞪圆了丹凤眼,冲上来,推翻我背上的"主子",把我搂进怀里。

早春的一个周末,我正在做作业,她兴冲冲地跑到我跟前,脸上挂满了笑。不容分说,拉着我的手就跑,把我拉进她的闺房。她闺房的窗台上摆着两瓶插花,一瓶暗红,一瓶雅白,都是兰花。原来堂姐上山采兰花了。我伸手捧起雅白的一瓶,看看花,又看看堂姐。堂姐笑盈盈地点着头,意思是将花送我了。兰花将舒未舒,花瓣像手指,似扣非扣,成了罩,罩着花舌。我用鼻子去吻花,浅浅一吻,清香丝丝,钻进我的鼻腔,直入大脑,大脑像进了风,清凉凉的。"姐,你在哪采来这么香的花?"堂姐腼腆含蓄起来:头微低,身稍侧,舌头一伸,瞬间卷回……这一刻,我怔住了:堂姐微卷的刘海,白皙的鹅蛋脸,红润的舌头……整个儿像一枚绽放的兰花。我抱紧瓶子,抱住了堂姐。

再大些,我到外地上学了,离开了堂姐。每到春天,我总会想起兰花,想起堂姐。可是,1989年的春天,堂姐上山采花,癫痫病发,不再醒来。她爱花,与花同眠……

如今,爱花的人多了,为了不辜负爱花的人们,花儿便以节日的盛装馈赠。我赶过樱花节,赴过牡丹会,奔过菊花展……看花时,为花而醉;醒来时,却怅惘无限。何也?大概是我爱花不同于堂姐吧。

雨顺着梅枝流进我的衣袖,我打了个寒战,将伞撑起……眼前的蜡梅一下子失去了颜色。蓦然间,有凉水流过脊背。我一直没看见梅花,或许,有一把无形的伞遮住了我的眼睛;或许,梅在光天下,我在伞罩中,彼此隔膜了;或许……唉,我错过了多少风景呢?

再次抛开伞。不远处,茶花怒放,望春花已俏立枝头……梅在春色边,枝疏落,叶憔悴,朵零星。一半是落寞,一半是孤傲。

石

　　雨,赋它一个"梅"字,便多情起来,眷恋着人间烟火,一住就是三五天,絮絮叨叨。家里的物什被絮叨得柔了心,溢出泪来……装饰柜里影影绰绰,童话一般,让人生出许多想象。握着抹布的手贴近童话,"啪嗒——"童话碎了一地,溅起心疼点点,落在裂成两半的石上。

　　石心有花纹,淡淡的,像宣纸上的清水洇印。想起青禾老师的诗"坚硬的内核深处,偶尔窝藏几片三月的风",纹是风的唇印,还是石的泪痕?

　　年轻时,听一位专家讲课,他讲到理想,说:石头与星星根本的差别是距离。飞上天的是星星,跪在地上的永远是石头。我颇为震撼,有飞上天的冲动。今天想来,暗自好笑,做一枚石有什么不好呢?

　　石虽不能发光,但价值不可估量。没有它,女娲纵有千般魔力也不能补天;精卫无论多勤敏,都不能把海填平。石成全了女娲,成全了精卫,成全了苍天大地。单凭这点,石也够骄傲了。

　　石还是忠贞爱情的象征。旅游胜地,多有"望夫石"。涂山的望夫石最为感人,传说涂山氏生下儿子启时,禹正从家门经过,听见婴儿的哭声,怕因感情耽误了治水,狠心没进去探望,一去不回……涂山氏思念丈夫,日夜向着丈夫远去的方向眺望,望穿秋水,日复一日,年复一年,精诚所至,化作一块望夫石。一望,望了4000多年。

老家有句俗语:摸着石头过河。在山区,有多少座山,就有多少条河。有河的地方不一定有桥,但一定有石。人们出门,不是爬山,就是蹚河,踩着石头过河,石头被踩出坑坑洼洼。洪水时,水淹没了石,人们便摸着石头过河。摸着石头过河的那一刻,是把自己的身家性命交付于石了。

我就读的小学,与家隔着一座山、一条河。夏天的一个周末,放学了,我和小伙伴在校园做游戏,玩疯了,忘了回家。风好像和我们藏猫猫,倏地一下跑出来,撞得我们东倒西歪。树,也被撞得披头散发……我慌了,抓起书包就跑……谁知,我跑不过雨,雨早早跑到河里,河水漫过了岸。我站在岸边,寻找石墩,不见。只见河心开出花来,一朵,一朵,一直开到对岸……突然,一个炸雷,吓我一跳。四周黑了下来,雨、雾都往这边压,仿佛要将我压下河里,我哇哇大哭……

恐惧中,听到有人叫我的名字……我回头,看到老师向我跑来。她身体瘦小,拉着我,一步步蹚着水,过了河。老师成了我过河的石头。

其实,帮着我过河的不止老师,亲人、学生、朋友都是我生命河流中的石,我摸着石头过河,虽没抵达梦的彼岸,但看到了彼岸的风景。

我喜欢石,喜欢含有石的诗词。"明月松间照,清泉石上流。""山高月小,水落石出。""乱石穿空,惊涛拍岸,卷起千堆雪。"……石成就了诗的动静美、哲理美、壮观美。

尤其喜欢白居易《莲石》中的句子"青石一两片,白莲三四枝",闭上眼睛想,一方不规则的池塘,四周环树,池水清幽,一两片青石,或立、或倾,一半浸在水里,一半露在空中;莲呢,茎亭亭,叶田田,花洁白。石与莲,刚柔相向,顾盼生姿,生出高雅与傲骨。冬去春来,经年累月,诗人与之相伴,吸纳石的忠贞、莲的高洁,该滋养出怎样的精气神呢?

想起中国当代古诗词著名学者叶嘉莹先生,叶先生乳名为荷,号迦陵。她是一株倚石绽放的荷。她年轻时,适逢战乱,颠沛流离,漂洋过海,寄居国外……但她心中的莲花始终盛开——为祖国,为古典诗词。她说:"我的莲花总会凋落,可是我要把莲子留下来。"先生耄耋之年,毅然决然地回到祖国,到北大、复旦讲授古典诗词，担任南开大学中华古典文化研究所所长，并先后为南开大学教育基金会捐赠 3568 万元，设立"迦陵基金"，支持中国传统文化研究。

"荷花凋尽我来迟，莲实有心应不死。人生易老梦偏痴，千春犹待发华滋。"叶先生吸纳了莲的高洁、石的忠贞，滋养着中华诗词的精气，千春华发。

看着地板上的石，她心房袒露，心房上的花纹渐渐明晰，明晰成一朵绽放的莲。我似有所悟……

2016 年暑假，我们一行 6 人到青海，因合肥到青海没有直达班机，便从兰州中转。到兰州住下，已是傍晚。有人提议到中山桥上看黄河，大家欣然同意。

桥头处，人头攒动，我挤进，伸头，见地上一堆石头。有色彩的，没色彩的，一枚枚精神着。我一眼便看中一颗肉红色、鹅蛋大小的石头。俯下身子，把石于手，凉润，光滑。端详，见石上有浅灰色的细纹，纹如藕丝。藕丝兴许因了多情的风，留下了娇柔错落……心喜之。欣赏一番，又放回原处。石是玉的前身，玉与人讲究缘分，石也不例外吧。《韩非子·和氏篇》中的厉王、武王断了卞和的左足、右足，失去和氏璧，背负千古骂名，就因与玉无缘。这枚石如与我有缘，是不会被别人买走的。待我游玩返回，它若还在，我自买下。

由于贪恋夕阳下的黄河，返回时，暮色已浓。桥头，人影散乱，我直奔卖石处，石已寥寥无几，那枚鹅蛋大小、肉红色的石仍在。霓虹灯下，石通体长上了眼睛，顾盼兮，巧笑兮，似在等待我。我喜出望外……

这枚石，或许真的与我有缘，等我千年，只为一朝袒露心迹，让我开悟：做一枚石——一枚心放莲花的石。

酝酿

朋友盛情送了两箱葡萄。一开箱,清甜扑鼻。甚喜。提起一串,颗大,粒圆,色鲜。挤挤挨挨,满眼的珠光。遂摘下清洗。入口生津,舌甜,喉爽,肺润。窥镜,顿觉气色清朗。又提起一串,犹豫了。超标的体重提醒我——眼前的爱物是糖衣裹着的炮弹。

犹豫间,箱子里的葡萄用姿色挑逗着我。我欲罢不能。咋办?送人?不妥,怎能把朋友的情意送了呢。这时,酒柜里的葡萄酒对我挤眉弄眼。办法有了,酿酒。于是,将所有葡萄浸于食用碱水中。30分钟后捞起,冲洗,沥水。戴上一次性手套,摘下葡萄,放入玻璃罐,加适量的白糖。反复攥捏,直至颗粒成泥。封口,盖盖,放置阴凉处。

第一次酿酒,亦如第一次怀孕。喜悦、憧憬一起闯入怀里,安静不得。我时不时盯着玻璃罐。确也神奇,玻璃罐里的葡萄泥有如胚芽,萌动着,一个翻转,便生出一串泡泡。开盖,倾听,有蚕食桑叶的沙沙声,那是小小的酒生命在生长。我的心涟漪层层,漾着喜悦。

一天,两天……罐中的葡萄泥渐渐稀释。两周过去,葡萄泥分为了水陆两层。上面的"陆地"厚厚的,严冬已至,一片灰蒙。下面的"海洋"似注入了颜料,又似咖啡色丝帛裹着太阳。过滤了的柔和,光照后的透明。酒色诱人。我迫不及待地打开罐盖,用长柄木勺掀了"陆地",舀起"海水",送往嘴里。舌尖舔到的一刹那,蒙了。苦涩,淡薄。将勺子移到眼前,勺中的液体失去了颜色,且十分浑浊。这是酒吗？我怀疑起自己的酿造方法,悻悻打开百度。"……60—80天方可饮用。"原来,酝酿未满期。我如此心急,只怕折损了酒的生命。

懊悔自责中,想起了母亲。母亲做的酒酿,是当地出了名的。记得腊八一过,母亲就开始做米酒。她把蒸好的糯米饭盛在瓦盆里,拌入酒曲,再用旧棉衣将盆紧紧包裹,放在僻静的地方。再三叮嘱我们兄妹,不要碰酿酒的盆。

正月,来了拜年的客人,母亲便用米酒招待客人。她轻轻为瓦盆脱去棉衣,手触碰盆的一刹那,紧闭双眼,祈祷似的。继而,一下子揭开盆盖。浓郁的酒香扑着我们的面。我伸颈注目,盆里的糯米饭成了絮状,不再是满满的一盆,而是沿着盆壁凹陷,凹陷成絮状的"锅","锅"里盛着清汪汪的米酒。米酒香甜弥漫,甜了整整一个年。我一直认为母亲省酒待客,才不允许我们碰米酒。今天才知道酝酿需要安静,需要时间,需要一颗虔诚的心。我心血来潮要酿酒,却不知酝酿之真意。

想来,苏公是懂得酝酿的。"诗书与我为曲糵,酝酿老夫成搢绅。"这其中的酝酿岂止是简单的发酵,分明是一种修炼:潜心、琢磨、感染……酿出豪放,自成一家。可见,酝酿是难能可贵的品行。

古书有载,韩国一名叫黄喜的相国微服私访。路过一片农田,坐下来休息。瞧见农夫驾着两头牛正在耕地,便问农夫,你这两头牛哪一头更棒呢？农夫没有马上回答。他在酝酿,实话实说,会不会伤了牛的面子,损了牛的自信呢？酝酿一番,他决定沉默不言。等耕到地头,牛到一边吃草了,农夫俯在黄喜的耳边,低声细气地说,告诉你吧,边上那头牛更好些……酝酿,生出了美德。

农夫的俯身细说让我想到了教育、教师。很长一段时间里,我国教育界普遍存在学生成绩排名的做法,并美其名曰:创造学习竞争氛围、培养学生竞争意识、提高学生社会竞争力。持有这种观念的教育者,不说其不懂法律,侵犯了学生的诸多权利,至少是缺乏酝酿品行的人。好在这一偏颇得到了纠正。

然而,信息社会,人们习惯了"闪付""秒杀",因而不自觉地疏远了"酝酿"。凡事经验化,模式化,程序化。可是生活偏偏是鲜活的。

"太阳像个大火球从天边冉冉升起",画面鲜活,壮观,催人向上。可是,时过境迁,随着时间的推移,境况会发生变化。同理,境过景异,随着处境的不同,眼前的景象也自然不同。每当批改作文,看到"太阳像个大火球"之类的语句,心里总是一阵悲哀。

试想,我们生存在钢筋混凝土的夹缝里,看到的朝阳是从两座楼间升起的,一半夹在楼间,一半露出楼顶。或像橘色的大蘑菇,或像孩子手中的积木。当它完全升上楼顶,光芒刺眼,失去了火的颜色,也失去了火的亲和。与火球相差甚远。没有酝酿,就没有鲜活的文字。

想起《醉翁亭记》开篇之句"环滁皆山也"。一个"环"字穷尽了滁州的风貌——四面是山。山是摇篮,州是婴儿。滁州之灵秀与作者之安然便和盘托出。这样的文字又是怎样的一番酝酿所得呢?感佩古人字斟句酌。

前不久,老家来人说,家门前的小河改为漂流游乐场所,正式对外开放了。我听了心如针扎,无限伤痛,似失去了亲人。门前的河流承载了我童年所有的欢乐:捕虾,摸鱼,学着水鸟扑腾,骑着牛蹚水……河水有多长,我的笑声就有多远。我也常对着河水发呆,它这么欢快地流着,要流到哪里呢?好奇心促使我向往外面的世界,暗下决心,要跟着河流走。一步,一步,我走出了大山……小河是我生命中不能复制的存在。如今,她成了漂流场所,我上哪去抚摸乡愁呢?

伤痛中,我想到了福建厦门为一棵百年榕树让道的事。福建乌石浦花园安置房施工区域内有五株榕树,平均树龄超过 300 年,郁郁葱葱、蜿蜒相连,占地面积很大。斫,还是留?该项目负责人柯紫良陷入了沉思,他和他的团队整整酝酿了两个月,最终确定为古榕树"圈地造盆"。自此,乌石浦有了闻名遐迩的"古榕树公园"。柯紫良用哲思酝酿,酿出了格局,酿出了情怀,酿出了"天地与我并生,万物与我为一"的境界。

隔着万水千山,我听到了门前小河的呜咽,心悲戚。她咋就没遇到柯紫良呢?

我轻轻放下长柄勺,拧紧玻璃罐盖。双手合十,放在胸前,许下一个心愿……